Uma Vovó Especial

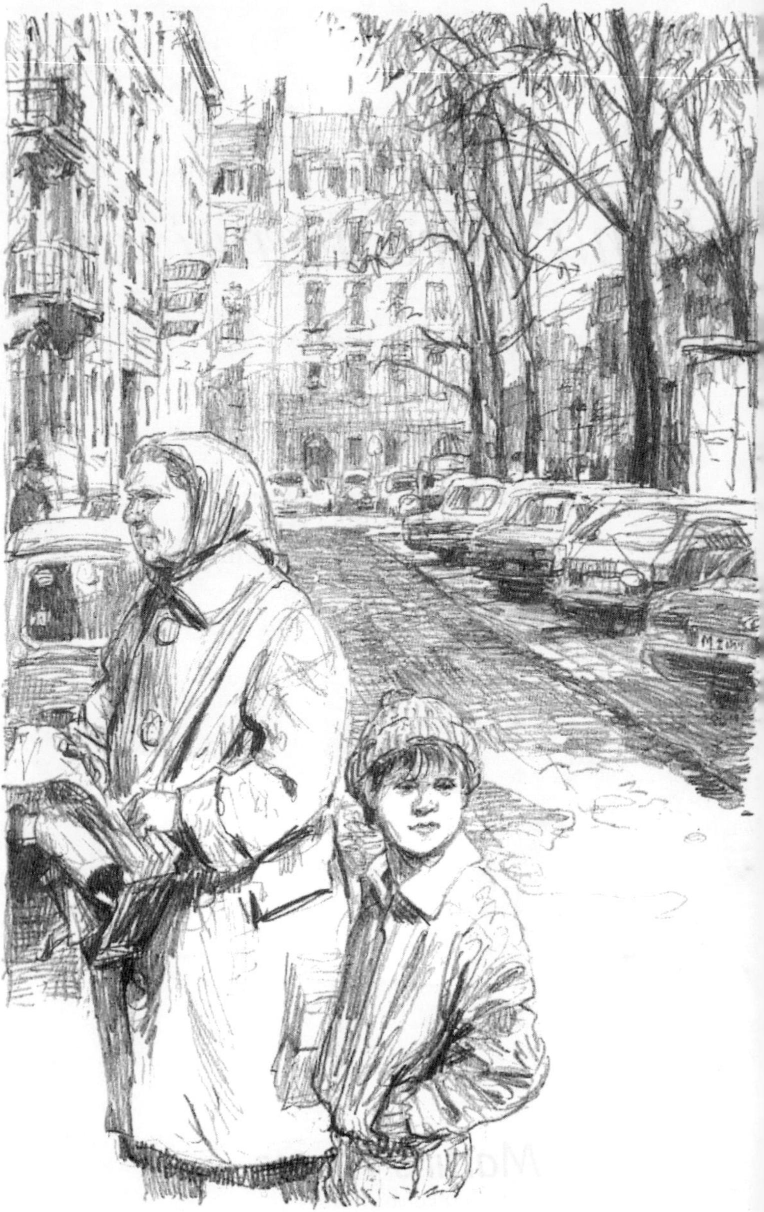

Peter Härtling
Uma Vovó Especial

Ilustrações Peter Knorr

Tradução Sílvia Reichmann

Martins Fontes
São Paulo 1999

Esta obra foi publicada originalmente em alemão com o título OMA por Beltz Verlag.
Copyright © Beltz Verlag, Weinheim e Basel, 1975.
Programm Beltz & Gelberg, Weinheim. Todos os direitos reservados.
Copyright © Livraria Martins Fontes Editora Ltda.,
São Paulo, 1999, para a presente edição.

1ª edição
junho de 1999

Tradução
SÍLVIA REICHMANN

Revisão da tradução e texto final
Monica Stahel
Revisão gráfica
Sandra Rodrigues Garcia
Solange Martins
Produção gráfica
Geraldo Alves
Paginação/Fotolitos
Studio 3 Desenvolvimento Editorial (6957-7653)

Dados Internacionais de Catalogação na Publicação (CIP)
(Câmara Brasileira do Livro, SP, Brasil)

Härtling, Peter, 1933-
 Uma vovó especial / Peter Härtling ; ilustrações Peter Knorr ; tradução Sílvia Reichmann. – São Paulo : Martins Fontes, 1999.

Título original: Oma.
ISBN 85-336-1063-7

1. Literatura infanto-juvenil I. Knorr, Peter, 1956-. II. Título.

99-2454   CDD-028.5

Índices para catálogo sistemático:
1. Literatura infantil   028.5
2. Literatura infanto-juvenil   028.5

Todos os direitos para o Brasil reservados à
Livraria Martins Fontes Editora Ltda.
Rua Conselheiro Ramalho, 330/340
01325-000 São Paulo SP Brasil
Tel. (011) 239-3677 Fax (011) 3105-6867
e-mail: info@martinsfontes.com
http://www.martinsfontes.com

Peter Härtling nasceu em 1933, em Chemnitz, Alemanha. Entre outros prêmios literários, recebeu o Prêmio Alemão de Melhor Livro infanto-juvenil em 1976, por *Uma Vovó Especial*, cujo título original é *Oma*.

Peter Knorr nasceu em 1956, em Munique, na Alemanha. Trabalha como desenhista e ilustrador *free lancer*.

Índice

O dia em que Kalle foi morar com a Vovó   1
Vovó é diferente   9
Visita à previdência social   19
As histórias da Vovó   25
A calça rasgada   31
Férias com a Vovó   37
A visita da assistente social   51
O medo da Vovó   61
Vovó e o futebol   67
Brigas   75
O prêmio   79
Visita ao asilo   89
Vovó e a televisão   93
A doença da Vovó   99
O aniversário de dez anos   109

O dia em que Kalle foi morar com a Vovó

Dizem que uma pessoa de sessenta e sete anos é velha. Vovó não concorda com isso. Ela sempre diz – aliás, muita gente velha diz – que a idade não importa se a pessoa se sente jovem.

Vovó se sentia jovem. Ela também dizia que por fora era uma velha e por dentro uma criança, e quem a conhecia bem sabia que era verdade.

Vovó não tinha muito dinheiro. Às vezes reclamava da aposentadoria, que era pouca, e do seu marido falecido, que também não tinha sido grande coisa, mas gostava mais de rir do que de reclamar da vida.

Mas ela sabia se arranjar bem. Tinha um apartamento pequeno em Munique, que era quase tão velho quanto ela. O sofá já tinha desmontado várias vezes, sempre por causa de alguma visita meio

Uma Vovó especial

pesada. O forno a óleo era o único objeto novo, e Vovó não se dava bem com ele. Tinha medo que explodisse e mandasse tudo pelos ares. Quando o forno começava a borbulhar, Vovó conversava com ele como quem conversa com uma mula teimosa. Aliás, ela gostava de falar sozinha e com as coisas à sua volta. Às vezes, no meio de uma conversa, ela começava a falar sozinha. Quando a outra pessoa se mostrava embaraçada, Vovó balançava a cabeça para indicar que não era com ela.

Todo o mundo a chamava de Vovó, até mesmo os vizinhos, o padeiro da esquina, e também os meninos do prédio, que às vezes faziam zombaria, mas no fundo gostavam dela. Chegavam a carregar sua sacola até o quinto andar, porque o prédio em que Vovó morava não tinha elevador.

– Pois é, não nasci baronesa – dizia, quando fazia uma pausa no terceiro andar para retomar o fôlego.

"Sra. Erna Bittel", dizia, em letras enfeitadas, uma plaqueta na porta. Quando seu filho perguntou por que tinha colocado "Sra." na frente do nome, ela respondeu:

– Como você é tolo! Se eu não puser nada, vão pensar que sou uma velha solteirona.

O filho da Vovó, por sua vez, também tinha um filho. A história trata desse filho e da Vovó. O nome dele é Karl Ernst, mas desde pequeno tem o apelido de Kalle.

O dia em que Kalle foi morar com a Vovó

Kalle vivia numa cidade pequena perto de Düsseldorf. Seu pai trabalhava no escritório de uma fábrica.

– Ele calcula quanto dinheiro todo o mundo vai ganhar no fim do mês – era assim que Kalle explicava a profissão do pai.

Sexta-feira à noite o pai sempre ia ao bar, e depois chegava em casa bêbado, reclamando da vida e do mundo. E a mãe de Kalle ficava brava:

– Todo fim de semana é essa choradeira!

Kalle não entendia aqueles acessos do seu pai, que na verdade era um homem alegre. O menino se dava bem com ele. Melhor do que com a mãe, que vivia se queixando da sujeira que os dois homens faziam e que ela tinha que limpar. Passava o dia inteiro fazendo limpeza.

– Isso não é muito normal, não – dizia o pai.

Quando Kalle tinha cinco anos, seus pais morreram num acidente de carro. Eles nem tinham carro próprio, mas foram fazer um passeio com amigos. Deixaram Kalle com a vizinha. E foi na casa dela que apareceu aquele policial, dizendo:

– Os dois morreram.

No começo, Kalle não entendeu o que tinha acontecido. Não conseguia acreditar que nunca mais veria os pais, que eles tinham ido embora para sempre.

– É impossível – dizia.

Uma Vovó especial

A vizinha colocou-o na cama. Depois veio um médico, que enfiou um supositório no seu bumbum, e acabou rindo.

– Agora durma bem, rapazinho – disse o médico.

Kalle não gostou de ser chamado de "rapazinho" e achou o médico bobo. Naqueles dias parecia que todo o mundo tinha ficado bobo. Toda hora alguém vinha abraçá-lo ou passar a mão na cabeça dele, estavam todos muito estranhos. Menos a Vovó.

Ela chegou, chorou muito, mas logo depois começou a brigar com todo o mundo:

– Não podemos ficar parados, a vida continua!

E, na frente dele, anunciou para a roda de parentes desconhecidos:

– Vou levar o Kalle. Ele vai ficar comigo.

Um dos tios disse:

– Mas na sua idade, Erna!

Vovó riu e falou alto:

– Por acaso você quer ficar com ele? Então não se meta!

Apesar de terem se visto poucas vezes, Kalle gostava da Vovó. Ela falava um pouco mais alto do que o normal, era meio desbocada e tratava o pai dele como se fosse criança. Chamava a mãe dele de chorona e o pai de banana. E chamava Kalle pelo nome, nunca dizia "rapazinho", "gracinha" ou "fofinho". A Vovó o levava a sério.

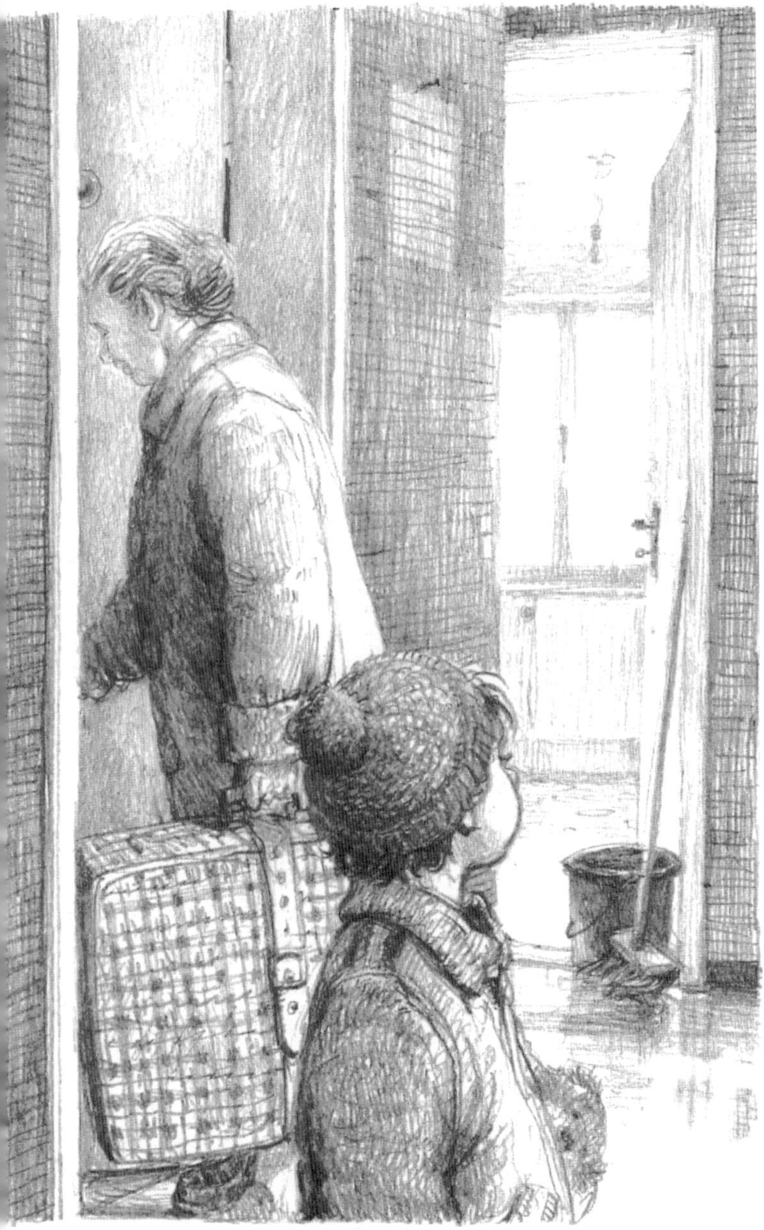

Uma Vovó especial

Kalle achou incrível como arrumaram rápido o apartamento, de repente ele estava todo vazio. Foi Vovó que distribuiu os móveis.

– Não preciso de nada disso – falou.

No final, só sobrou uma mala com as coisas de Kalle, mais nada. Vovó a carregava. E foi assim que Kalle deixou a cidade em que tinha morado com os pais. Foi-se embora para Munique, para a casa da Vovó.

Pronto, agora o menino está comigo. É loucura, uma velha com eu com um garoto que ainda vai levar uns doze ou treze anos para se virar sozinho. Será que vou ter de completar cem anos por causa dele? Ora, mas qual outro parente teria ficado com ele? Acabariam pondo o menino num orfanato. E isso eu não admitiria, de jeito nenhum! É claro que ele ainda vai sentir falta dos pais por muito tempo. Principalmente do pai. Se bem que isso também não quer dizer nada. Muitas crianças por aí têm pai e mal percebem que têm. – Vamos lá, preciso ter força e parar de ficar pensando na minha idade. Eu e o Kalle vamos dar conta do recado.

Vovó é diferente

Kalle logo se acostumou a morar com a Vovó. O apartamento era meio esquisito, mas ele não se incomodava. Afinal de contas, Vovó já tinha aqueles móveis há muitos anos e não podia trocar tudo só por causa dele.

O quarto no qual Kalle dormia era *quase* só dele. Durante o dia, Vovó usava o quarto para costurar. Kalle já tinha se acostumado a catar alfinetes do chão, antes de dormir, para não espetar os pés.

Em muitas coisas, Vovó era diferente de outras pessoas. Uma das diferenças Kalle descobriu por acaso, numa das primeiras noites. Ele não conseguia dormir e foi ao banheiro. Foi então que ele viu os dentes da Vovó: estavam ali, dentro de um copo d'água! Kalle quase morreu de susto. Não tinha coragem nem de chegar perto do copo, com medo de levar uma mordida.

Uma Vovó especial

Na manhã seguinte, Kalle perguntou à Vovó:
– Como é que você faz para tirar os dentes da boca? Eu não sei fazer isso, não.
Vovó explicou:
– Não são dentes de verdade. Já faz tempo que perdi meus dentes. Você sabe que os dentes de leite das crianças caem, não sabe? Pois é, dente de velho também cai, só que depois não nasce outro. Então a gente manda fazer uma dentadura.
– Você também escova a dentadura? – Kalle perguntou.
Mas a Vovó não queria mais falar da dentadura:
– Isso não importa, Kalle.
Com Vovó, a vida de Kalle mudou completamente. Ela se levantava mais cedo do que o pai dele, apesar de não ter de sair para o trabalho. Vovó tentou explicar por que acordava tão cedo:
– Chega uma hora em que o corpo começa a dar umas fisgadas, sabe? É a danada da artrite.
Kalle não conseguia imaginar essa tal de artrite e perguntou:
– Quem é Artrite? Ela passa a noite com você?
– Artrite é uma doença de velho – Vovó explicou.
Às seis da manhã, o menino acordava com a Vovó fazendo barulho no quarto ao lado. Mas ele não se levantava, puxava a coberta por cima da cabeça e ficava se lembrando da mãe e do pai. A sau-

Vovó é diferente

dade só melhorou depois de uns três meses, quando ele entrou na escola e arrumou uma porção de amigos.

Os dois tomavam café da manhã às sete horas. Vovó tinha uma caneca enorme, na qual cabiam umas três xícaras das que havia na casa dos pais de Kalle. E ela sempre a enchia até a borda. Depois, ficava sorvendo o café aos poucos, fazendo aquele barulho de que a mamãe não gostava. Certo dia Kalle resolveu corrigir a Vovó:

– Beba sem fazer barulho, Vovó.

Vovó tirou a caneca da boca, assustada:

– Isso é jeito de falar comigo?

Mas Kalle insistiu:

– A mamãe dizia que a gente não deve beber fazendo barulho.

Desse dia em diante, Vovó fazia o maior esforço para tomar café sem fazer barulho, mas era tão difícil que sobrava metade da xícara. O resto ela tomava escondido, do jeito dela, depois de Kalle ir para o quarto.

Vovó achou que não compensava mandar Kalle para outro jardim-de-infância, já que faltavam só seis meses para ele entrar no primeiro grau. Ela disse:

– Vamos aproveitar esse tempo para nos acostumarmos com a vida nova.

No início ele não gostou da idéia, mas depois percebeu que era divertido passar o dia com a Vovó.

Uma Vovó especial

De manhã, eles saíam para entregar uns folhetos de propaganda que a Vovó recebia de algumas fábricas. Esses folhetos anunciavam, por exemplo, uma promoção de máquinas de lavar roupa, com distribuição de brindes. Ou então diziam qual era o melhor filtro de café que existia.

– Não ganho muito pelas entregas – Vovó explicou –, mas é um trabalho que me mantém em forma. Eu mesma nunca compraria nada disso, mas você não imagina como as pessoas vão atrás dessas coisas.

A Vovó era muito conhecida, então ela ia parando aqui e ali para bater um papo. Kalle achava isso meio chato. Por outro lado, sempre havia alguém que dava uma balinha para ele. No fim das contas, o menino achava muito divertido entregar folhetos com a Vovó.

Depois da entrega dos folhetos, os dois costumavam fazer compras. Vovó era temida nas lojas do bairro, pois não comprava gato por lebre. Ela sempre dizia:

– Já que tenho pouco dinheiro, preciso escolher bem as coisas que compro.

Kalle ajudava Vovó a escolher. Os comerciantes não gostavam disso, houve até um vendeiro que mandou o menino tirar as mãos sujas de cima dos pepinos. Mas a Vovó retrucou na hora:

– Esses pepinos devem estar muito mais sujos do que as mãos do meu neto!

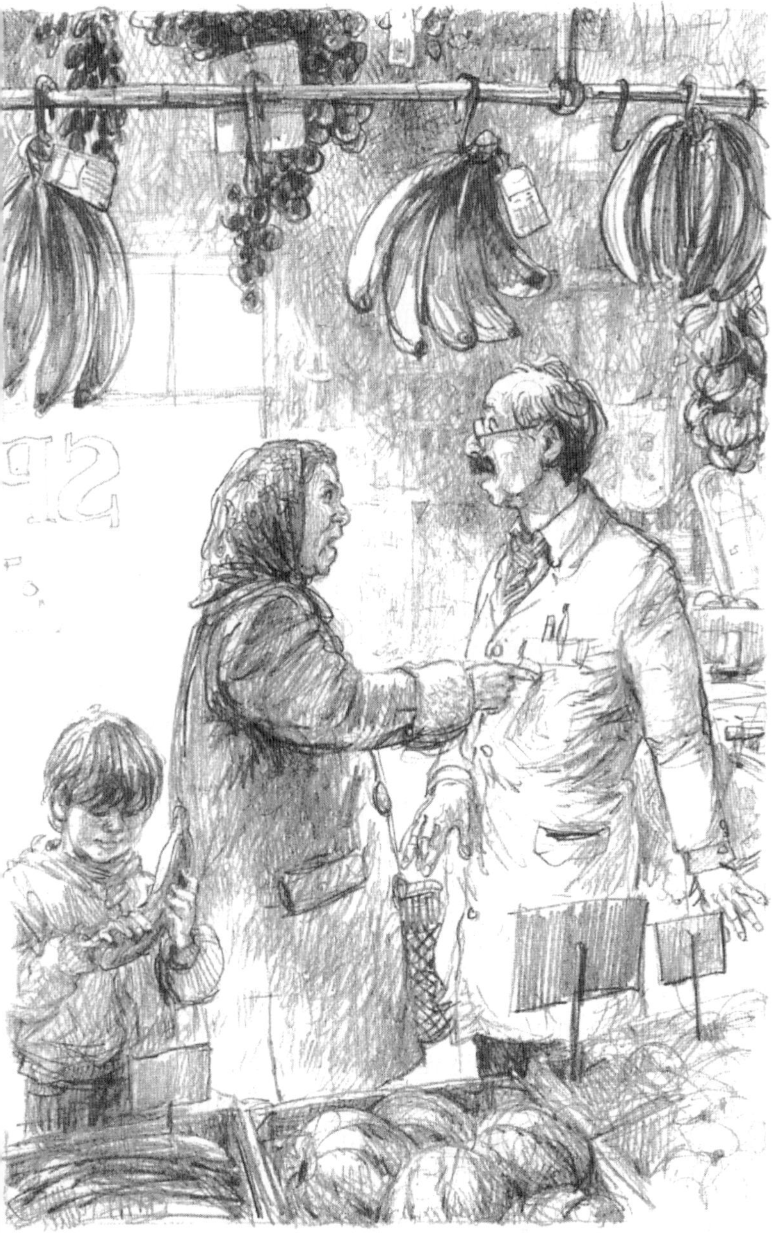

Uma Vovó especial

Kalle gostava do senso de humor da Vovó. Ela não levava desaforo para casa e não tinha medo de ninguém. Pelo contrário, eram os outros que morriam de medo quando ela fechava a cara. Além disso, Vovó sempre inventava umas tiradas engraçadas. Volta e meia ela dizia para o padeiro:

– Por acaso seus pãezinhos estão fazendo tratamento para emagrecer? Eles estão cada vez mais magros e mais caros!

Na maioria das vezes, as pessoas não sabiam o que responder.

Aos poucos, Kalle foi descobrindo que Vovó era bem mais pobre do que os pais dele. Certa vez ela disse:

– Quando eu começar a receber a sua pensão de órfão, nossa vida vai melhorar um pouco. Mas sabe como é, para resolver essas coisas, os funcionários das repartições não têm pressa. Eles não estão nem aí para os nossos problemas.

– Quem são esses funcionários?

– São pessoas que ficam sentadas na frente de uma escrivaninha, passando pilhas de papel de um lado para o outro. São eles que resolvem se vamos receber dinheiro ou não.

Kalle não conseguia imaginar que existisse gente tão poderosa. Se ele tivesse todo esse poder, daria um monte de dinheiro para a Vovó.

Vovó é diferente

Kalle também reparou que a Vovó gastava menos tempo cozinhando do que a mamãe. Vovó sempre dizia:

– É bobagem perder muito tempo na frente do fogão.

Depois do almoço, Vovó gostava de costurar, e Kalle ia brincar no pátio do prédio. No começo, ele não conhecia nenhuma das outras crianças. Todas achavam graça no seu jeito de falar, pois ele não falava o dialeto de Munique:

– Vejam só, parece um turco falando!

– Pois eu não sou turco – ele respondia.

As crianças não acreditavam. Quando ele contou para a Vovó, ela falou:

– Meu Deus, como essas crianças falam asneira! Estão ficando iguaizinhas aos pais, pensam que alguém é ruim só porque é turco.

Pouco tempo depois, Kalle já estava enturmado. Logo teve a primeira briga. Foi com Ralf, que tinha sete anos e era o manda-chuva da turma. Kalle não conseguiu ganhar a briga, mas lutou tão bem que eles acabaram ficando amigos.

Ralf tinha um defeito. Ele não sabia falar direito, falava pelo meio dos dentes. Dizia "vochê chabe", em vez de "você sabe".

No começo, Kalle zombava dele. Mas a Vovó lhe disse:

Uma Vovó especial

— Você não deve zombar do Ralf. Quase todo o mundo tem algum defeito físico.

— Eu não tenho nenhum — disse Kalle.

— Tem, sim — Vovó falou. — Você acha que não tem defeito, e isso é pior do que um defeito físico.

— E você? — Kalle perguntou.

— Eu tenho um defeito bem terrível, sabia? — disse Vovó, misteriosa. — Qualquer hora mostro para você.

Alguns dias depois, ela saiu do banheiro descalça e apontou para o pé direito:

— Veja, tenho os dois dedos menores emendados um no outro! Este é um dos meus defeitos.

— Tem mais algum? — Kalle queria saber.

— Pensa que eu vou entregar tudo de uma vez? — Vovó respondeu.

À noite, as coisas eram bem diferentes na casa da Vovó.

Na casa dos pais, a mãe de Kalle dava banho nele. Às vezes, quando já era tarde, o pai chegava do trabalho e entrava no chuveiro também. Era uma festa.

Com a Vovó, não era assim. Na primeira noite, ela deu uma toalha para o menino e falou:

— Agora vá tomar banho.

Kalle não agüentou e começou a chorar. Ainda estava tudo muito confuso! Mas aí a Vovó também começou a chorar! Então Kalle se conteve e parou de chorar.

Vovó é diferente

A partir daquele dia, Kalle sempre tomou banho sozinho. Vovó ficava fiscalizando, sentada na beirada da banheira.

– Parece que até vejo você crescendo – ela comentava.

Depois do banho, ela o enxugava. Esfregava o menino com a toalha até ele ficar todo vermelho.

– Como isso faz bem, não é, Kalle? – ela dizia.

Havia mais uma coisa que Kalle estranhava: Vovó sempre trancava o banheiro para tomar banho. Parecia até que tinha medo dele. Certo dia o menino resolveu perguntar se era por isso.

– Que bobagem, Kalle – Vovó respondeu –, é que gente velha não é bonita de se ver.

Kalle falou:

– Acho que você está com vergonha.

– É verdade – Vovó admitiu.

Ele achava aquilo errado, mas não conseguiu convencer a Vovó a deixar a porta aberta. Ela dizia:

– Você é Kalle, eu sou a Vovó. Você é criança, eu sou velha. Essa é a diferença.

Pois é, o Kalle está descobrindo que aqui tudo é diferente. Meu Deus, essa educação liberal de hoje! Será que vou ter de andar pelada pela casa, só porque os pais dele faziam isso? Ele nem imagina como é uma pessoa de idade. Além disso, eu tenho vergonha de ficar sem roupa. Não consigo, na minha época não era assim. Naquele tempo as pessoas não eram tão – como posso dizer? – tão sem-vergonhas. Não, sem-vergonha também não é a palavra certa. Hoje em dia, ninguém precisa ter vergonha de mostrar o corpo. Na verdade, eles estão certos. Mas eu não consigo e isso ele precisa entender.

Visita à previdência social

Já fazia quatro meses que Kalle vivia com a Vovó, estava até matriculado na escola. Todos os dias, Vovó abria a caixa de correio para ver se tinha chegado carta da previdência. Mas nunca havia nada. A cada dia que passava, a raiva da Vovó ia aumentando, até que um dia ela estourou.

– Bem que eu queria ser funcionário público! – ela gritou. – Não fazem nada! Passam o dia comendo papel e coçando o nariz com o lápis!

Era engraçado imaginar a Vovó trabalhando num escritório. Mas Kalle sabia por que ela estava com raiva. O tutor que cuidava dos assuntos dele, o antigo chefe de papai, tinha encaminhado um pedido de autorização para que a Vovó fosse a mãe de criação de Kalle. Era meio absurdo – só se fosse uma avó de criação! Mas ela já era avó dele, então para que tudo aquilo? Só que a previdência insistia nessa história, e o processo tinha de continuar correndo, como sempre diziam. Se bem que "correr" não era bem a palavra certa. O processo se arrastava, isso sim. E a Vovó precisava dessa autorização para começar a receber a pensão de órfão a que Kalle tinha direito. Isso era muito importante. Vovó era pobre e sempre dizia que, com a quantidade de comida que Kalle devorava, ela acabaria indo à falência.

Finalmente, Vovó decidiu "apresentar-se pessoalmente às autoridades". Ela sempre falava difícil quando o assunto era a previdência.

– E você vem junto, Kalle – ela acrescentou –, preciso de você para provar o que estou dizendo.

Vovó colocou o vestido mais bonito que ela tinha. Kalle também teve de ir todo arrumado, e Vovó não parava de mexer nele. Só para contrariar, Kalle comeu um pouco de aveia do pacote, deixando cair um pouco na roupa, bem na hora de sair. Vovó, que já estava de mau humor, exclamou:

– Que menino impertinente!

No bonde, Vovó ficou calada durante todo o trajeto. Ou melhor, ela só não conversou com Kalle, mas ficou falando sozinha. Pelo que ele entendeu, Vovó estava decorando frases para usar na hora da entrevista.

No prédio da previdência, o porteiro os mandou para a sala dezessete. Lá, tiveram de esperar.

Visita à previdência social

Ficaram meia hora sentados num banco de madeira, sem falar nada, até chegar a sua vez. Foram atendidos por um homem de meia-idade, sério, sentado atrás de uma escrivaninha enorme. E o homem falou:

– Sinto muito, esse assunto não é do meu departamento. Procurem a sala vinte e dois.

Na porta da sala vinte e dois tiveram de esperar de novo. Kalle viu que a paciência da Vovó estava no limite, faltava pouco para ela explodir. Finalmente, foram atendidos. O homem da sala vinte e dois parecia mais novo do que o outro, mas já tinha cabelos brancos. Devia ser porque ele tomava conta de tantas pessoas. Olhou para Kalle e falou, com jeito de padre:

– Ah, então é você? Coitadinho!

Kalle ficou com vontade de mostrar a língua, mas depois achou que, para ajudar a Vovó, seria melhor dar uma de coitado. Fez uma cara bem triste e ficou quieto.

A Vovó sentou-se na única cadeira que havia e disse:

– Não adianta nada se desmanchar de pena. Faça alguma coisa!

Kalle teve a impressão de que o homem ia sair correndo da sala. Mas ele ficou, teve de ficar, era o trabalho dele. Então o homem perguntou o nome da Vovó, foi até o armário e tirou uma pasta grossa. Tudo o que já tinham escrito sobre Kalle e a Vovó estava lá. Pelo jeito, os dois já eram famosos. Mas isso também não resolvia o problema deles.

Muito sério, o homem molhou o dedo e começou a folhear os papéis. Às vezes sacudia a cabeça, às vezes parecia concordar. Depois de ler tudo, ele disse:

– O caso é complexo.

Kalle não entendeu a palavra e perguntou:

– O que é "complexo"?

Vovó respondeu no lugar do homem:

– Eu também queria saber o que é tão complexo nesse caso.

Então o homem falou:

– O seu caso não é fácil, porque não se trata de uma mãe de criação. A senhora é parente do menino, ou melhor, é avó dele.

– Não diga, é mesmo? – falou a Vovó.

– Não me venha com brincadeiras! – defendeu-se o homem.

– Eu não estou para brincadeiras, pode ter certeza – respondeu a Vovó –, só quero saber uma coisa: quando é que este menino vai receber a pensão dele?

– A senhora está precisando dessa pensão?

Vovó se levantou, empurrou a cadeira e disse:

– Escute aqui, o senhor sabe quanto eu ganho, o valor da minha aposentadoria está aí. E o senhor

Visita à previdência social

também sabe que um moleque dessa idade come muito, rasga calças, fura meias, enfim, que ele precisa de muita coisa. Por acaso eu sou milionária, dona de fábrica, ou o quê?

Kalle começou a achar a conversa divertida e confirmou:

– A Vovó tem razão. Eu como muito mesmo. E esse negócio de rasgar calças também é verdade.

– Não falei? – disse a Vovó.

O homem começou a rir, e então prometeu:

– Vou ver se posso acelerar o seu processo.

A Vovó ainda falou:

– É bom mesmo o senhor acelerar, senão eu volto a semana que vem, pode esperar!

O homem riu de novo e falou:

– Seria um prazer, senhora. Mas vou me esforçar para dar tudo certo.

O homem se despediu dos dois com um aperto de mão.

Assim que chegaram ao corredor, Vovó pulou de alegria. Ou melhor, ela deu um pulinho, porque pular muito ela não conseguia:

– Nós dois somos uma dupla incrível, Kalle. Vamos continuar assim. Ninguém consegue resistir à nossa conversa.

Kalle concordou com ela.

Uma Vovó especial

Já não consigo imaginar a minha vida sem o Kalle. É claro que ele dá trabalho, sempre chego exausta ao final do dia. Mas com o tempo certamente vou me acostumar. Além disso, ele também vai crescer e criar juízo.

Ele me lembra muito o pai, parece até que tenho outro filho. Mas é bobagem comparar. Sou velha demais, não consigo tratá-lo como filho. Seria melhor se a mãe dele ainda estivesse viva.

Não sei por que fico tão irritada quando penso na mãe do Kalle. Afinal, ela não era uma pessoa ruim. Era uma boa mãe, mas era muito diferente de mim. Ela não cuidava muito do menino. Achava que ele tinha de aprender a se arranjar na vida. Concordo, mas acho que a gente precisa ajudar um pouco. Ela dizia que estava ajudando, mas eu achava que não. A verdade é que eu não me dava bem com ela. Não gostava do jeito dela, e acho que ela também não gostava do meu. Hoje eu me arrependo de ter brigado tanto com ela.

As histórias da Vovó

Kalle não entendia aquela mania que a Vovó tinha de contar histórias de antigamente. Ela não guardava muito o que tinha vivido ontem ou anteontem, mas se lembrava direitinho de coisas que tinham acontecido vinte ou quarenta anos atrás: da sua primeira viagem de trem, do casamento com o vovô, até mesmo do seu vestido de noiva e da comida que serviram aos convidados.

Kalle não se interessava por nada daquilo. A Vovó sempre dizia:

– Recordações são importantes, Kalle. O presente nem sempre é a melhor coisa.

Essa era a diferença entre a Vovó e Kalle. Para o menino, só importava o que estava acontecendo hoje, o que tinha feito ontem e o que ia combinar

Uma Vovó especial

com os amigos para amanhã. A Vovó nem ligava para essas coisas, a não ser que algum acontecimento a deixasse nervosa. Mesmo assim, preferia ficar nervosa por alguma história do passado, e ela se lembrava de tudo "como se fosse hoje".

– Sabe, Kalle, nunca me esqueço do dia em que o vovô foi atropelado pelo bonde e quase perdeu a perna. Eu estava em casa quando me trouxeram o coitado, todo ensangüentado. E ele ainda dizia que não era nada! Pensei que ele ia morrer ali, nos meus braços. Nunca superei o susto que passei naquele dia.

Não era bem isso. Ela já tinha superado o susto havia muito tempo. Mas achava essas histórias tão emocionantes que não se cansava de contá-las. Quando passava um filme de ficção na televisão, Vovó dizia:

– Não acredito nisso. É tudo inventado, mesmo. Verdade foi o que aconteceu na guerra, quando a nossa casa foi bombardeada... – e lá vinha alguma história que Kalle já conhecia, mas sempre contada de uma maneira um pouco diferente.

Muitas histórias que ela contava eram da época da guerra.

– Seu pai tinha acabado de entrar no curso profissionalizante... ou será que ele ainda estava na escola? Foi então que começaram os ataques. A guerra já estava quase no fim, mas aqueles loucos não se conformavam. Começaram a chamar meni-

As histórias da Vovó

nos, como seu pai, para a defesa antiaérea. Ele tinha de atirar nos aviões que bombardeavam a cidade. Uma criança com um canhão, imagine que loucura!

– Que jóia! – interrompeu Kalle.

– Jóia? Fazer guerra não é andar com revólveres de plástico e brincar de bangue-bangue! Uma guerra de verdade não é jóia para ninguém, muito menos para crianças. São elas que mais sofrem na guerra, é só pensar nas crianças do Vietnã! Mas onde foi que eu parei?

– Você estava falando do papai – disse Kalle.

– Isso mesmo. O seu pai ainda estava em casa quando começou o ataque, e todo o mundo foi para o porão. As bombas explodiam cada vez mais perto. Fiquei abraçada com meu filho, paralisada de medo. Logo depois, a terra começou a tremer. Pedaços do teto despencaram. Alguém falou: "Deve ter sido aqui." E era verdade. As paredes da casa ainda estavam de pé, mas a explosão tinha arrancado uma parte do telhado. No nosso apartamento estava tudo fora do lugar, não havia mais nenhum vidro nas janelas. Tivemos de dormir na casa de amigos por um tempo, mas logo começamos a arrumar o apartamento. Usamos papelão para tapar as janelas.

Kalle não prestava muita atenção porque já conhecia a história. Além disso, estava preocupado com coisas mais importantes. Um dos problemas, por exemplo, era que a Vovó não o deixava brincar no prédio ao lado. Ele tinha feito amizade

Uma Vovó especial

com as crianças de lá, mas a Vovó não queria que ele saísse do prédio deles.

– Quero ver você quando olho pela janela – dizia –, acho que você já tem liberdade demais. Sei que é bom ficar independente e aprender a se virar sem ajuda, mas...

– Sem ajuda? O que você quer dizer com isso?

– Só estou dizendo que você não tem de ficar preso na barra da minha saia. Mas pelo menos preciso ver se você está bem.

E Vovó logo começou a contar outra história, dessa vez sobre tempos mais antigos, quando surgiram os primeiros carros. Também havia aviões de quatro asas, que se chamavam biplanos. Vovó contava maravilhas sobre eles:

– Um avião daqueles não caía de jeito nenhum, Kalle. Se uma asa quebrasse, ele tinha mais três para continuar voando.

Kalle contou isso para um amigo que era mais velho. O menino deu risada e falou que o número de asas não faz diferença nenhuma. Que foguete não tem asa e é mais rápido ainda. Kalle repetiu isso para a Vovó e ela ficou horrorizada.

– Foguetes só servem para matar! – disse ela.

Por isso Vovó e Kalle às vezes não conseguiam se entender. Vovó gostava mais de falar do tempo dela, que o menino nem conhecia. E ele acabou concluindo que aquele tinha sido um tempo muito esquisito.

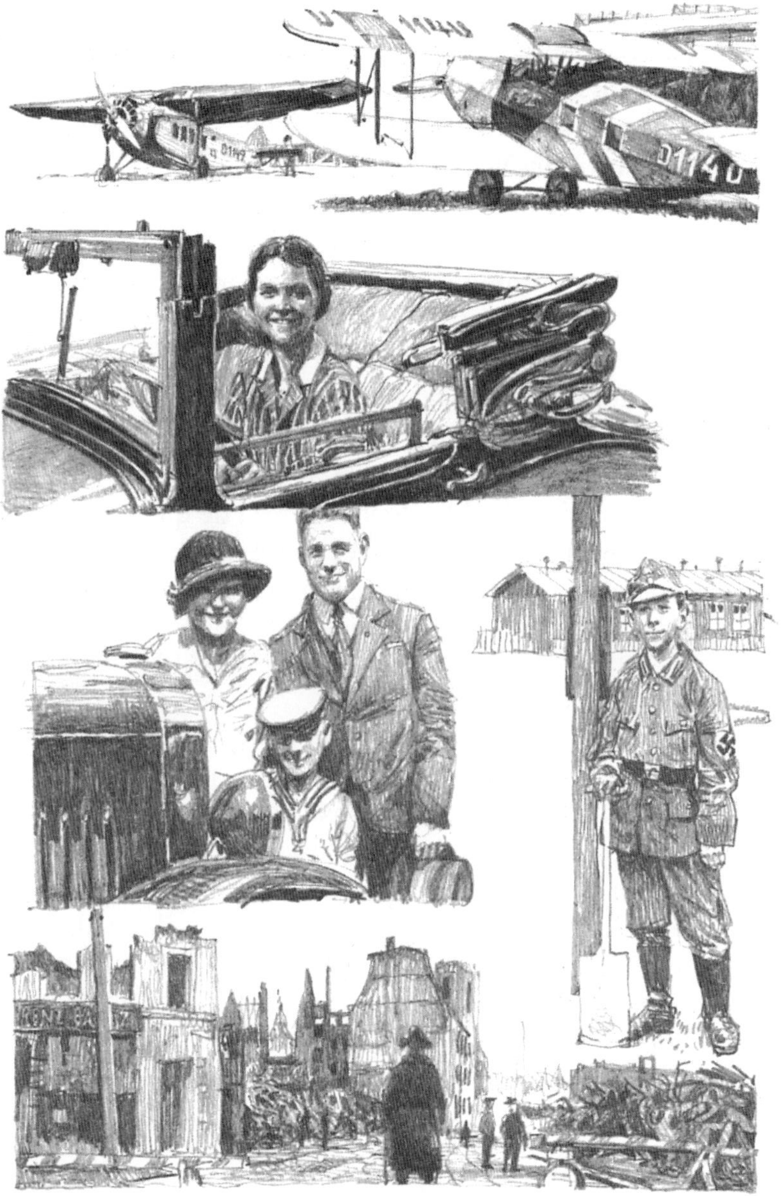

Uma Vovó especial

Ora, o menino precisa saber como era antigamente, o tempo em que eu era moça e ainda me chamava Erna Mauermeister, por exemplo. Por que será que ele não gosta dessas histórias? Só presta atenção quando falo da guerra. Aí ele quer saber se eu vi os tiroteios de perto e se houve muitos mortos. Que horror, será que as crianças já nascem com esse espírito de guerra? Hoje, quando comecei a contar sobre quando conheci o Otto, sobre os nossos encontros que me deixavam tão nervosa que eu ficava com soluço, Kalle disse que já conhecia a história. Mas tenho certeza de que nunca contei para ele. Não sei, talvez eu precise aceitar que isso tudo é muito distante para um menino de hoje.

A calça rasgada

Certo dia, Kalle e Ralf tiveram uma briga no pátio. No meio da pancadaria, Ralf segurou Kalle pela calça, tentando puxá-lo para o chão. A calça se rasgou e caiu até os joelhos do menino.

Vovó ouviu o barulho da briga. Ela estava cansada, pois aquele dia já tinha descido e subido duas vezes as escadas. Mas ela ficou tão preocupada que resolveu descer mais uma vez. Quando viu o rasgão, ficou brava e perguntou:

– Quem fez isso? Quem foi que rasgou a melhor calça do Kalle?

Voltando-se para Kalle, ela disse:

– Já falei mil vezes para você usar a calça remendada para brincar!

E depois ela perguntou para todos:

Uma Vovó especial

– Quem foi que fez isso?

Algumas crianças já tinham fugido. As outras ficaram ali paradas, mas ninguém respondeu. Ralf e Kalle também não falaram nada. Vovó ameaçou:

– Será que eu vou ter de puxar a orelha de cada um de vocês?

Então uma das crianças falou:

– A senhora não pode bater na gente, é contra a lei.

– Antigamente não era assim. E eu faço o que eu quiser – respondeu a Vovó.

– Não é verdade, Vovó – falou Kalle –, você não pode fazer o que quiser, e não pode bater nos filhos dos outros.

Vovó ficou furiosa. Foi se aproximando das crianças, que a encaravam em silêncio. Então ela falou:

– Vocês são todos uns covardes.

Kalle resolveu defender os amigos.

– Eles não são covardes, não – disse. – A calça rasgou sozinha, quando a gente estava brincando.

– É mentira – disse a Vovó. – Além, de não terem coragem de falar a verdade, ainda vão começar a mentir? Era só o que faltava!

Vovó ficou com mais raiva ainda. Kalle tentou acalmá-la:

– Não tem problema, Vovó. É só você consertar a calça, ela vai ficar como nova! Prometo que

A calça rasgada

nunca mais uso essa calça para brincar, só a outra, está bem?

– Isso não resolve nada – respondeu a Vovó. – Eu quero é justiça.

As crianças não entenderam o que a Vovó queria dizer com "justiça". Então Kalle perguntou:

– O que você quer, então?

– Quero saber quem foi.

– E depois?

– Quem fez isso vai ter de ouvir que fez uma coisa errada. E vou fazer a mãe dessa criança comprar uma calça nova.

– Você não pode fazer isso – protestou Kalle.

E Ralf perguntou:

– E se a calça for muito cara?

– Então foi você, não é? – Vovó desconfiou.

Kalle se assustou e disse:

– Não foi o Ralf, Vovó, eu juro!

Vovó ficou uma fera, pegou Ralf pelo braço e sacudiu o menino. Kalle gritou:

– Não bata nele, Vovó! Você não pode fazer a sua justiça assim!

A Vovó soltou Ralf e gritou:

– Eu devia dar uma surra em todos vocês, um por um!

E foi embora.

Kalle ficou muito chateado com o que aconteceu. À noite, ele falou para a Vovó:

Uma Vovó especial

– Não achei certo o que você fez.
– Mas quem acaba consertando a calça sou eu, não é? Pois então trate de costurá-la você mesmo! – respondeu a Vovó.

Kalle sabia que o problema não era só a calça. Mas como é que ele ia ficar do lado da Vovó naquela situação? Ele não podia entregar os amigos, podia?

A calça rasgada

Não entendo nada dessa educação de hoje. Mas também não quero fazer nada errado. Não é fácil, dá vontade de mandar todo o mundo às favas... E o Kalle resolveu entrar justo na pior turma. São os meninos mais sujos, barulhentos e mal-educados do prédio inteiro, parecem moleques de rua. Não que eu seja rica, mas acho uma vergonha deixar os meninos largados desse jeito. Sei que o Kalle não concorda comigo. Ele diz que os meninos são assim porque não têm uma avó como eu, que cuide deles. E que não posso culpá-los por isso. Ora, talvez ele tenha razão...

Férias com a Vovó

Já fazia quase três anos que Kalle morava com a Vovó. Estava terminando a segunda série, tinha uma porção de amigos e não conseguia nem imaginar que um dia sua vida tinha sido diferente. Às vezes alguém perguntava se estava gostando de viver com a Vovó. Que pergunta! Para Kalle, não existia outra vida. De vez em quando ele e a avó também brigavam, é claro, mas apesar disso o menino achava a Vovó jóia. Ela não era daquelas velhas que reclamam da vida o dia inteiro. As amigas dela eram assim. Quando se reuniam na casa da Vovó aos sábados, já começavam a se queixar na porta de entrada. Uma tinha dor na perna, outra soluçava depois da comida, outra reclamava do marido. Toda vez que as velhas apareciam, Kalle fugia para o pátio. Vovó achava certo ele procurar

Uma Vovó especial

sua turma, e já não implicava com os amigos que ele escolhia.

Quando Kalle fez oito anos, ele ganhou uma calça nova e outro presente especial – uma viagem de férias junto com a Vovó. Ela vivia dizendo que não tirava férias havia uns trinta anos, que a última viagem dela tinha sido para Tegernsee, um belo lago, mas que tinha chovido o tempo todo. Tegernsee fica muito perto de Munique, mas a Vovó sempre dizia que tinha sido uma longa viagem. Kalle estava torcendo para a Vovó não ter a idéia de voltar ao Tegernsee, porque ele já tinha ido para lá com uma excursão da escola. Além disso, Kalle achava pouco para uma viagem de férias, era perto demais. Os colegas dele sempre contavam da Espanha, da Itália ou da Holanda, e também do mar Báltico, que fica no Norte da Alemanha. Para não dizer que ficou em casa, Kalle fazia uma brincadeira que a Vovó inventou: dizia que eles tinham passado as férias na Sacadolândia.

Por sorte, quem não costuma viajar também não sente falta. Vovó sempre dizia:

– Eles vão até a Espanha para tirar férias, mas continuam brigando como se estivessem em casa e voltam arrebentados.

Kalle achava que não era bem assim, embora decerto Vovó tivesse um pouco de razão. Certa vez, um amigo de Kalle tinha contado:

Férias com a Vovó

— Fomos para a Espanha, para uma praia. No começo, foi ótimo. Mas aí os meus pais tiveram uma briga, e a mamãe não falou mais com o papai até o fim da viagem. Só na volta, quando meu pai quase bateu num caminhão, ela gritou com ele.

É, também não era assim que Kalle imaginava uma viagem de férias.

Vovó tinha escrito num papel:

VALE-FÉRIAS
para Kalle (e Vovó)
vale uma viagem para duas pessoas
Período: 14/7 a 28/7
Local: Furth na Floresta
aprovado e autorizado por Vovó

Kalle achou o bilhete meio engraçado e não sabia bem o que dizer. Enquanto ele lia, Vovó não parava de perguntar:

— E aí? Gostou, Kalle? O que você me diz, hein?

Depois de um tempo, Kalle falou:

— Onde fica isso? Furth na Floresta? Fica na floresta, mesmo?

Vovó respondeu:

— Isso mesmo, fica bem no meio da Floresta da Baviera. E dá para ir de trem. Isso é muito importante, pois não gosto de viajar de ônibus. Sabe a senhora Bloch, que às vezes vem tomar café comi-

Uma Vovó especial

go? Ela passou uns dias lá e fez as reservas para nós. Não é muito caro, dá para eu pagar. É uma fazenda com alojamento, e ela disse que os donos são muito amáveis.

Ainda faltava uma semana para a viagem, mas Vovó já estava a mil por hora, pondo e tirando coisas das malas. Quando Kalle comentou que era cedo para fazer as malas, Vovó o mandou embora do quarto, dizendo:

— Você não entende nada, Kalle. Faz muito tempo que eu não viajo, preciso me acostumar de novo.

Antes de sair, Kalle ainda disse:

— Mas uma mala é suficiente! Não vou precisar de tanta coisa!

O trem ia partir às seis da manhã, mas Vovó se levantou no meio da noite. Chamou Kalle às três da madrugada. Ela já estava vestida para a viagem, com umas roupas que o menino nunca tinha visto. Era um conjunto, com uma saia que chegava até os tornozelos. Kalle falou:

— Não dá para encurtar a saia?

— Tenho pena de cortar o tecido. E esse comprimento está na moda.

Ela também estava de chapéu novo. Também podia ser que fosse velho. De qualquer maneira, Kalle não o conhecia, porque Vovó só costumava andar de lenço na cabeça. Havia um alfinete espetado no chapéu, com uma pérola na ponta. Kalle falou:

Férias com a Vovó

– Você vai espetar os outros com isso aí.

– É um alfinete de chapéu. É assim que se usa. E agora pare de pôr defeito na minha roupa!

Kalle se vestiu. Depois, eles comeram um sanduíche e tomaram café. Quando faltavam cinco para as quatro, a Vovó falou:

– Agora vamos.

– Mas a esta hora já tem bonde circulando? – perguntou o menino.

– Não – Vovó respondeu. – Vamos a pé até a estação.

– E a mala? – Kalle protestou. – É muito pesada!

– Tenho uma arma secreta – avisou a Vovó.

Era uma mala enorme, na qual Vovó tinha amarrado a bengala do vovô e um guarda-chuva. Para descer as escadas, Vovó teve de arrastá-la pelo chão. Mas, quando saíram do prédio, Vovó colocou a mala na calçada e começou a puxá-la, sem nenhum esforço. Então Kalle reparou que a mala tinha rodinhas.

Kalle estava começando a adorar a aventura. Os dois chegaram à estação muito antes do horário. Assim, Vovó ainda teve bastante tempo para verificar de onde o trem ia sair. Ela não sossegou enquanto não olhou todas as plataformas e todos os avisos que havia. Mesmo assim, ainda duvidou de que o trem fosse sair mesmo da plataforma seis,

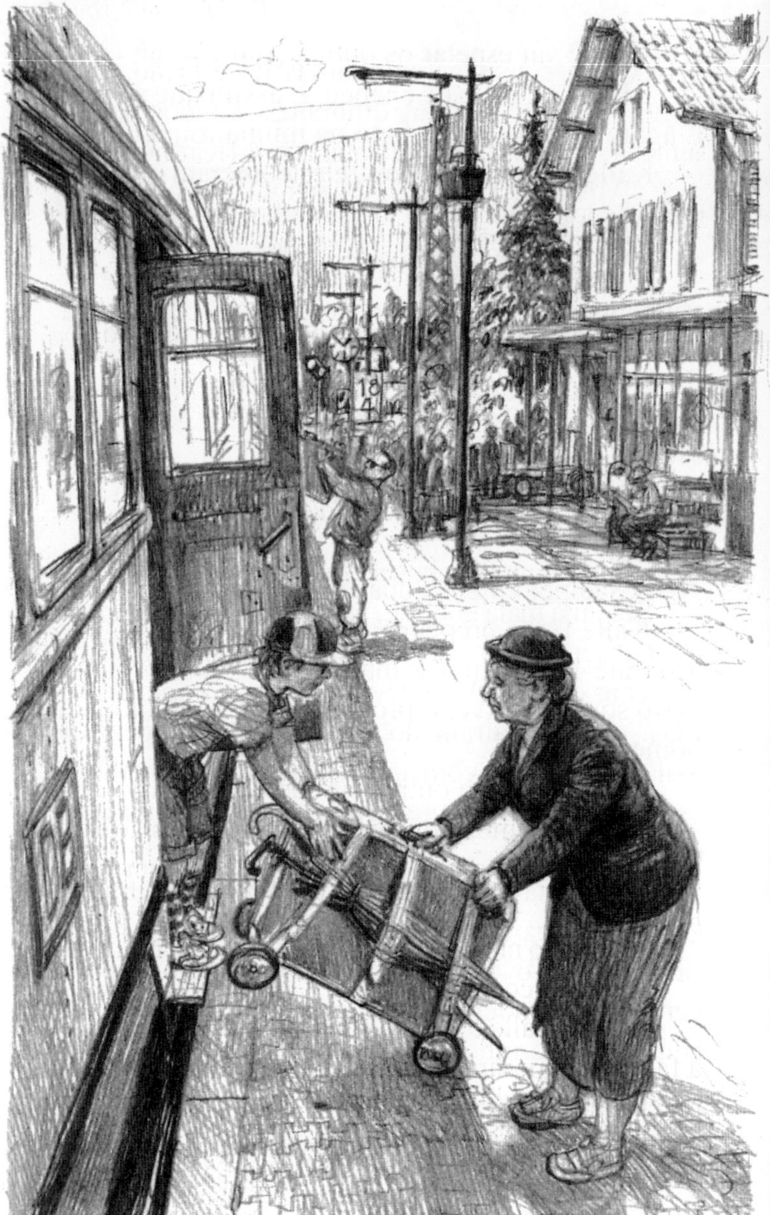
18
4

Férias com a Vovó

e resolveu consultar os guardas da estação. Perguntou a cinco guardas diferentes, e todos deram a mesma resposta. Kalle começou a ficar nervoso:

– Vovó, se você perguntar mais uma vez, eu vou embora.

A viagem de trem foi divertida. Vovó tinha levado uma sacola cheia de comida e conversava com todo o mundo. Na hora da baldeação, ela já estava mais tranqüila e achou a plataforma em pouco tempo.

Quando chegaram a Furth, Vovó perguntou ao homem do guichê se a fazenda era longe. Ele respondeu:

– São pelo menos duas horas a pé.

Kalle ficou preocupado. E se ela resolvesse ir a pé até lá, rolando a mala pelo asfalto? Mas a Vovó soube resolver o problema. Ela perguntou ao homem:

– Existe algum outro jeito de chegar lá?

– Há um ônibus que sai da frente da estação – ele respondeu –, mas a senhora precisa correr para pegá-lo.

– Qual é o número do ônibus? – Vovó perguntou.

– É o único que sai de lá.

Assim, Kalle e a Vovó conseguiram chegar logo à fazenda. Apesar de haver algumas vacas, não parecia uma fazenda de verdade. Havia muito mais quartos do que vacas, e os quartos estavam lotados

Uma Vovó especial

com gente que vinha passar férias no campo. Ao voltarem da viagem, quando explicava para as amigas de Munique como era a fazenda, a Vovó sempre dizia:

– Cada fazenda tem um tipo de vaca, não é? Pois lá só faltava eles tirarem leite da gente!

Kalle e a Vovó ficaram no mesmo quarto, no sótão. O banheiro ficava no andar de baixo. Vovó reclamou:

– Para ir ao banheiro à noite, vou ter de sair andando pela casa como um fantasma!

– Então vai ter de usar um urinol – disse a dona da fazenda, mal-humorada.

Kalle não sabia o que era um urinol, mas não teve coragem de perguntar. Mais tarde, ele perguntou à Vovó, e ela riu:

– Urinol é penico!

Kalle ficou revoltado. Onde já se viu falar assim com a Vovó?

Só por desaforo, a Vovó ia ao banheiro todas as noites, fazendo barulho e acordando a casa inteira.

Em casa, Vovó nunca deixava Kalle entrar no quarto dela. Agora os dois iam dividir um quarto pela primeira vez. Kalle tinha até medo da hora de dormir. Mas Vovó sempre dava um jeito de ir para a cama depois que ele já estava dormindo. A casa da fazenda tinha uma sala para os hóspedes, onde a Vovó ficava assistindo à televisão até tarde. E Kalle

Férias com a Vovó

tinha de subir para o quarto pelo menos duas horas antes de terminar a programação.

Uma vez aconteceu de o menino estar acordado quando a Vovó entrou no quarto. Ele ficou de olhos fechados, mas ouviu que ela estava tirando a roupa. Parecia que não ia acabar nunca, e Kalle começou a achar que ela usava umas quatro ou cinco saias, uma por cima da outra. Nunca imaginou que alguém pudesse demorar tanto para tirar a roupa! Vovó se deitou e logo pegou no sono. Kalle ficou ouvindo o ronco dela, que mais parecia um estranho gemido, e não conseguiu mais dormir.

De manhã, a Vovó insistiu em dizer que tinha dormido mal, porque Kalle não parava de se mexer a noite inteira. Ele se defendeu:

– Mas eu fiquei deitado de costas um tempão, bem quietinho!

Vovó não admitia discussão:

– Como é que você sabe? Você estava dormindo como uma pedra!

Quase todos os hóspedes eram pessoas de idade. Além de Kalle, só havia mais dois meninos. Um deles era de Berlim e já tinha 14 anos. Estava sempre entediado, sem ter o que fazer. O outro menino se chamava Bernard e era de Wuppertal. Era um ano mais novo do que Kalle, e os dois ficaram amigos. Iam ver o celeiro ou os estábulos e inventavam muitas brincadeiras que não dava para fazer

Uma Vovó especial

na cidade. Kalle gostava de Bernard. A Vovó também. Ela só não gostava da mãe do menino, achava que ela era uma mulher muito fútil. Kalle não sabia o que era "fútil", mas também não quis perguntar. Quando a Vovó usava esse tipo de palavra, coisa boa não podia ser.

Vovó acabou arrumando outra briga com a dona do hotel, por causa do café da manhã.

– Isso não é café, é água rala. Passo até mal de tomar essa coisa.

A mulher ficou louca da vida:

– Nunca ninguém me falou uma coisa dessas. Olha que já tive muitos hóspedes, mas esse é o maior desaforo que já ouvi na minha vida! O meu café é forte e bem-feito!

A Vovó deu risada. E continuou provocando:

– Acho que a senhora faz o café mergulhando um rabo de vaca na água fervendo. Pois é disso que ele tem gosto!

A mulher quis até expulsar a Vovó da casa.

– De jeito nenhum – disse a Vovó. – Eu e o meu neto estamos pagando, e vamos ficar aqui.

Ficaram. Depois desse dia, o café piorou ainda mais, e Vovó disse:

– Está vendo? Agora a mulher está querendo se vingar de mim.

Vovó não era muito animada para fazer passeios a pé. Na única caminhada que fizeram jun-

Férias com a Vovó

tos, Vovó caiu numa cova cheia de beterrabas. Não dava para ver a cova, porque estava coberta de palha. Além disso, a Vovó estava correndo atrás de uma borboleta e nem olhava para o chão. De repente, ela sumiu. Kalle só percebeu porque ouviu seus gritos, que pareciam vir de dentro da terra. Se ao menos a Vovó estivesse gritando alto, o menino saberia que ela estava bem. Mas a Vovó gemia baixinho, e Kalle começou a achar que ela tinha se machucado de verdade. Então ele gritou:

– Vovó, onde você está?

– Não está ouvindo não, seu bobo? – Vovó respondeu.

Então Kalle percebeu que não era nada grave. Foi até a beirada da cova e viu que no meio da cobertura de palha havia um buraco. Lá estava a Vovó, tentando ficar de pé.

– Vá procurar um pedaço de pau! – ela falou.

– Para quê?

– Que pergunta, ora! Para me tirar daqui!

– Estou indo – falou Kalle.

O menino conseguiu achar um galho bem comprido, levou-o até a cova e a Vovó segurou na ponta. Kalle ia ter de fazer muita força, pois a Vovó era muito pesada.

– Vamos, puxe logo! – ela gritou.

Kalle puxou, mas o galho estava meio podre e quebrou. Vovó começou a reclamar de novo:

Uma Vovó especial

– Você é um inútil, mesmo!

Depois, ela ficou em silêncio por um tempo. Preocupado, Kalle foi ver o que tinha acontecido. Vovó estava amontoando as beterrabas num canto da cova.

– O que está fazendo? – perguntou.

– Estou montando uma escada – Vovó respondeu.

Foi por essa escada que ela subiu, um pouco depois. Quando já tinha saído até a cintura, acabaram-se os degraus. Furiosa, Vovó olhou para Kalle e falou:

– E agora? Quer que eu saia voando?

Kalle também não sabia o que fazer.

E não é que a Vovó tentou voar, mesmo? Ela deu um pulo e agarrou-se na beirada da cova. Mexendo uma das pernas como um sapo, ela foi se arrastando pouco a pouco para fora do buraco. Foi tão engraçado, que Kalle começou a rir. Assim que suas pernas saíram do buraco, Vovó se pôs de joelhos e se levantou. Bateu a saia para tirar o pó, e depois deu uma bofetada em Kalle.

– Só faltava agora você rir da desgraça dos outros! – ela esbravejou. – Para mim chega! Nunca mais quero saber de férias!

À noite, na sala dos hóspedes, a história contada pela Vovó se transformou numa aventura incrível. O momento mais emocionante foi a hora em

Férias com a Vovó

que ela saiu do buraco. Na história dela, foi só ela dar um salto e pronto.

– Apesar de velha, ainda estou em plena forma! – ela disse.

Kalle se irritou com tanta mentira.

À noite, ele não conseguia dormir, e a Vovó perguntou:

– Por que você não está dormindo?

Ele podia ter inventado que estava com o nariz entupido ou coisa parecida, mas resolveu dizer a verdade:

– Porque hoje você mentiu.

Vovó riu e disse:

– Sabe, Kalle, eu levo uma vida muito pacata, sem grandes acontecimentos. Então preciso inventar umas histórias, você não acha?

Não, Kalle não concordava.

Afinal, aquela foi a primeira e última vez que os dois viajaram juntos. Com o tempo, Vovó foi inventando cada vez mais aventuras fantásticas sobre as férias. Kalle acabou se acostumando com aquelas histórias que só tinham acontecido na cabeça dela, já não dizia que era mentira. Já que a Vovó não viajava, pelo menos ela tinha o direito de contar histórias...

Uma Vovó especial

Não admito que ninguém me faça de boba. Afinal, Erna Bittel não é palhaça. Sendo assim, não viajo mais, nem que o Kalle peça de joelhos. Já fiz muita coisa na minha vida, trabalhei fora e sempre me dei bem com todo o mundo, mas fico nervosa quando vou para um lugar onde só tem gente estranha. Não estou acostumada com isso. Quero que o menino conheça o mundo, mas vou ter de arrumar outro jeito. Eu me sinto muito bem aqui em Munique, na minha rua, muito melhor do que em qualquer fazenda. E já não tenho fôlego para ficar acompanhando o Kalle, estou muito velha para isso. É melhor ele participar de excursões ou ir para colônias de férias. Afinal, o que importa é o contato com a natureza e as aventuras ao ar livre.

A visita da assistente social

Na terceira série, Kalle começou a ter problemas na escola. Vovó tentava ajudá-lo a fazer a lição de casa, mas ela também se cansava logo e dizia:

— Essas bobagens me dão dor de cabeça. Não sei para que aprender tanta coisa, fico até com pena de vocês!

Kalle achava a mesma coisa. Então ele decidiu não dar mais tanto trabalho para a Vovó. E para ele também não, é claro... A partir daí, começou a fazer só metade da lição de casa. A professora fez vista grossa por um tempo, reclamando só um pouquinho. Depois de três semanas, ela perdeu a paciência e mandou uma carta para a Vovó. No caminho de casa, Kalle jogou a carta no bueiro. Mas depois ficou com a consciência tão pesada que acabou confessando tudo:

Uma Vovó especial

– Vovó, hoje eu joguei fora uma carta que era para você.

– Carta de quem?

– Da professora – Kalle respondeu.

– Você sabe o que estava escrito? – Vovó perguntou.

– Não.

– Então amanhã pergunte à professora – Vovó falou.

Kalle ficou com medo e começou a chorar.

– Está bem, amanhã eu falo com ela – decidiu a Vovó.

– Mas amanhã não é dia de atendimento aos pais!

– Não quero nem saber – disse Vovó –, preciso saber o que estava escrito na tal carta.

E assim foi. No dia seguinte, a Vovó apareceu no meio da aula. Abriu a porta e foi entrando. Kalle quase morreu de vergonha. Os colegas ficaram dando risadinha, mas a Vovó estava séria. A professora, sem entender o que estava acontecendo, perguntou:

– Por favor, qual é a razão da sua visita?

– A carta – respondeu a Vovó.

– É preocupante, não é mesmo?

– Também acho – disse a Vovó.

– É, temos de tomar uma providência – a professora continuou.

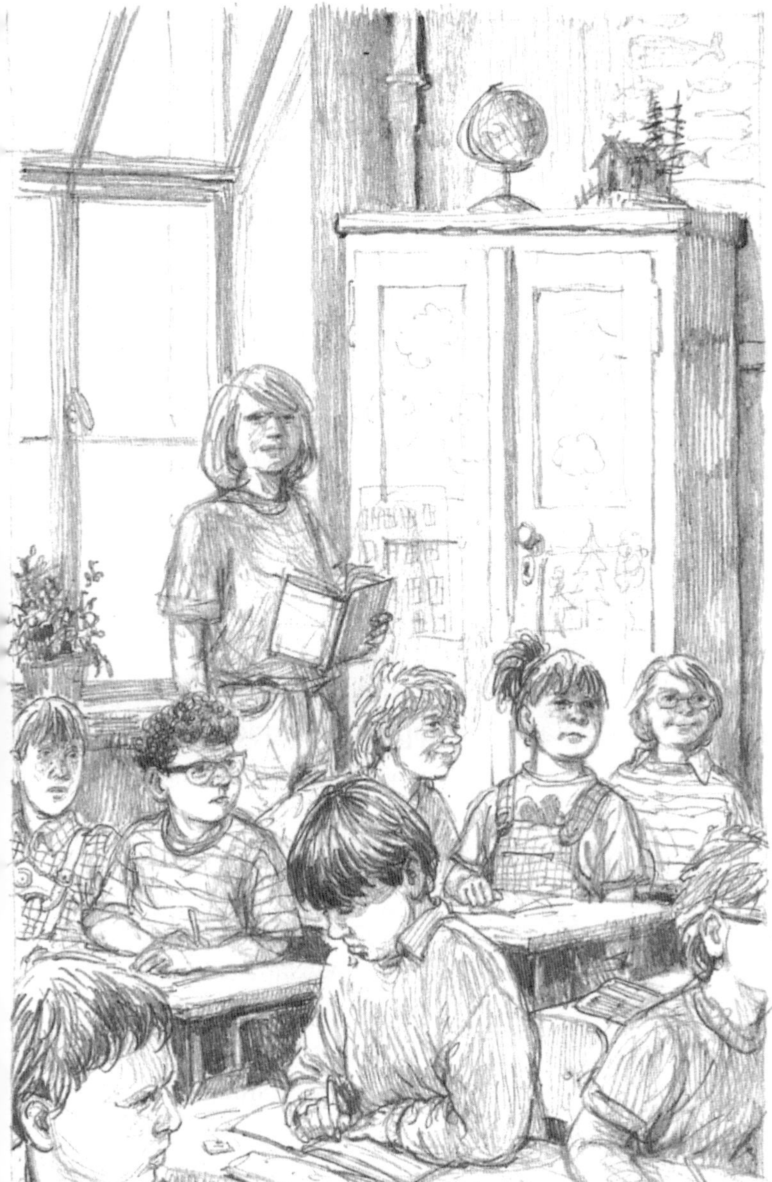

Uma Vovó especial

– Providência para quê? – perguntou a Vovó.
– Ora, a senhora não entendeu a carta?
– Eu não li a carta – Vovó explicou.
A professora não entendeu mais nada:
– Mas como é que senhora veio até aqui por causa de uma carta que não leu?
– O problema é que a carta sumiu. Procurei em todo lugar, mas acho que a perdi.
Kalle ficou aliviado. A Vovó era ótima!
As duas saíram da sala para conversar. Pouco depois, a professora voltou, passou a mão na cabeça do menino e disse:
– Fique tranqüilo, vai dar tudo certo.
Kalle chegou em casa, ansioso para saber o que a professora tinha falado. A Vovó respirou fundo e esbravejou:
– Você não está fazendo as tarefas. Ou então faz só a metade. E sempre tudo errado.
– Você também não sabe fazer os exercícios! – defendeu-se Kalle.
– Quem está na escola é você.
– Mas você é velha, tem de saber.
– Eu já esqueci muita coisa – Vovó falou.
Então, os dois tentaram pensar numa maneira de diminuir os erros da lição de casa. Por fim, a Vovó falou:
– Não tem jeito, vou ter de estudar pelos livros, junto com você.

A visita da assistente social

Talvez a assistente social tenha ido à casa deles por causa da história da carta. Afinal, o diretor da escola e a professora sabiam que Kalle ainda estava sob a custódia do juizado de menores. Decerto alguém da escola avisou ao juizado que Kalle estava com problemas. Mas podia ser que fosse apenas uma visita de rotina, para ver onde Kalle fazia as lições, se ele tinha um lugar adequado para estudar e se a Vovó tinha condições de ajudar quando ele não sabia alguma coisa. Seja como for, a assistente social chegou. Era muito bonita, usava batom e sombra verde nos olhos. Kalle gostou dela, mas a Vovó não. Sua vontade era jogá-la pela janela. A assistente sentou-se junto da mesa, Vovó ficou em pé na frente dela e Kalle se afundou no sofá. A assistente social não parava de fazer perguntas: por que Kalle foi morar com a Vovó depois da morte dos pais, se havia parentes mais novos, se a Vovó tinha doenças contagiosas, se ela ia muito ao médico, se Kalle tinha problemas para ler e escrever e se ele tinha um quarto só para ele.

Rangendo a dentadura, Vovó levou a mulher para conhecer o apartamento. Mostrou a cama de Kalle, dizendo:

– Pode olhar, a cama é limpinha e macia.

Levantou a tampa da panela que estava no fogo:

– Comida boa também não falta.

Uma Vovó especial

Para cada coisa que Vovó mostrava, a assistente social fazia que sim com a cabeça, mas não dizia nada. Finalmente, Vovó perdeu a paciência. Fez a mulher sentar na cadeira, colocou-lhe as mãos nos ombros, chegou bem perto dela e falou baixinho:

— Diga uma coisa, minha senhora, o que está querendo, afinal? Por acaso sou alguma bruxa? Sou retardada ou aleijada? Fiz alguma coisa indecente, tirei a roupa na frente dos vizinhos? O Kalle virou ladrão, hein?

A assistente social tentou dar um sorriso, mas não deu muito certo. No mesmo tom baixo da Vovó, ela respondeu:

— Não é nada disso, senhora Bittel. É que o Kalle despertou alguma preocupação na escola, porque não anda fazendo direito as tarefas. Por isso achamos...

— Acharam o quê? — Vovó perguntou, em tom ameaçador.

— Bem, que talvez fosse por causa das condições...

— Que condições?

— Ora, suas condições, no caso...

Aí a Vovó começou a gritar:

— Condições? Caso? Faz muitos anos que não tenho nenhum caso! Que desaforo!

Kalle quis fugir para o quarto, mas Vovó o segurou pelo colarinho:

A visita da assistente social

– Você vai ficar aqui e ouvir tudo direitinho. Preciso de testemunhas.

Desde que Vovó tinha tantos assuntos importantes para resolver, ela fazia questão de ter sempre uma testemunha à mão. Ela dizia:

– Você precisa ir junto, é importante. Senão depois ninguém pode provar o que eles disseram ou deixaram de dizer.

A mulher ficou tão assustada com a explosão da Vovó que não falou mais nada sobre caso nem condições. Pelo contrário, ela disse que estava tudo bem, que não havia problema algum. E que só pretendia nos fazer uma visita a cada dois meses para ver se podia ajudar em alguma coisa. A Vovó se acalmou um pouco, mas ainda disse:

– Ninguém me ajudou até hoje. Agora é tarde, a época mais difícil já passou. Kalle não é mais nenhuma criancinha.

Foi então que a mulher disse uma coisa que deixou Kalle apavorado:

– Pode acontecer alguma coisa com a senhora. A senhora pode ficar doente e ir para o hospital. Num caso desses, onde fica o menino?

Empurrando a mulher para a porta, a Vovó respondeu:

– Isso não vai acontecer, e ponto final.

"Isso não vai acontecer"... Sempre que o medo ameaçava tomar conta dele, Kalle ficava repetindo

Uma Vovó especial

essa frase. Quando ele imaginava que podia vir uma ambulância e buscar a Vovó, que ela podia até morrer...

Isso não vai acontecer!

A visita da assistente social

Pode ser que eu esteja fazendo alguma coisa errada. Agora veio essa carta da escola. Será que estou sendo boazinha demais com o Kalle? Mas, afinal, qual é o certo? Claro que é melhor conversar com calma do que gritar com ele. Eu nem teria fôlego para ficar gritando. Ora, eu o trato bem porque gosto dele. Sempre dizem que a melhor educação é o amor, não é? Ninguém vai me convencer de que não é mais assim, de que por causa disso o menino vai começar a mentir e virar marginal. Ah, bobagem, vou continuar conversando com ele como sempre fiz. Só vou insistir mais com ele para fazer a lição de casa. Mas também acho importante mostrar que ele não precisa ter medo do juizado de menores, da assistente social e dessas coisas todas. Estou para ver uma família que funciona melhor do que nós dois! Tenho exagerado um pouco, eu sei. Mas isso me ajuda.

O medo da Vovó

Não que a Vovó fosse alcoólatra, não era isso. Ela só tinha uma garrafa de aguardente na cristaleira. A cada dia, o nível da aguardente baixava um pouco. Já fazia um tempo que Kalle andava notando. Certo dia, ele resolveu perguntar, e a Vovó teve um acesso de fúria.

– Pare de ficar xeretando por aí! Além disso, não se pode dizer que eu bebo, só porque tomo um golinho por dia.

Logo em seguida, ela murmurou:

– Está bem, talvez uns dois ou três...

Kalle nunca tinha visto a Vovó bêbada, como alguns homens do prédio ou a velha do último andar. Ele só queria entender por que ela fazia tanto segredo. Perguntou:

– Por que você esconde a garrafa?

Uma Vovó especial

Vovó sentou-se no sofá. Kalle também se sentou, apesar de não estar com vontade, na esperança de que ela contasse uma história que ele ainda não conhecia. Realmente, a explicação dela começou como se fosse uma história:

– Sabe, Kalle, seu avô costumava exagerar na bebida de vez em quando. Às vezes, ele chegava em casa de joelhos, porque não conseguia mais andar. Naquela época, jurei que nunca tocaria em bebida. Eu não tomava nada, nem mesmo em festa. Mas depois isso mudou um pouco no dia em que seu avô morreu. Fiquei andando pela casa sem saber por onde começar a arrumar as coisas. Eu estava tão confusa que acabava aumentando a bagunça em vez de pôr ordem. Foi aí que achei duas garrafas de aguardente no criado-mudo do vovô. De repente, no meio de toda aquela tristeza, fiquei com muita raiva. Abri uma das garrafas e tomei um gole bem grande, como se eu quisesse me vingar do vovô, por ele ter morrido e me deixado sozinha. Sabe de uma coisa, Kalle? Aquilo me fez bem. Descobri que isso consola a alma. Desde então sempre consolo minha alma desse jeito, com uma ou duas doses. Principalmente quando estou com medo.

Kalle se espantou:

– Medo, Vovó? Nunca vi você com medo de nada!

– Pois é, você já tem oito anos e sabe de muita coisa, mas medo é uma coisa que não se vê.

O medo da Vovó

— Mas, se você estivesse com medo, aposto que eu saberia na hora.

Vovó deu risada:

— É, você pensa que sabe de tudo, meu filho. Veja bem, eu não tenho medo do homem do juizado de menores, nem da assistente social, nem do síndico do prédio. Não é isso. Tenho medo de outras coisas. E não é um medo só, são muitos. Tenho medo de que venha outra inflação para acabar com a minha poupança, como já aconteceu uma vez. Foi no ano de mil novecentos e vinte e três, e eu ainda era uma criança. Meu pai, o seu bisavô, já não tinha muito dinheiro guardado. E, de uma hora para a outra, o pouco que tinha não valia mais nada. O que antes custava um marco, de repente passou a custar milhares, era uma loucura! Depois, em mil novecentos e trinta e três, quando o dinheiro voltou a valer alguma coisa, o que faltava era trabalho. Estávamos recém-casados, seu avô tinha perdido o emprego e recebia uma miséria de salário-desemprego. Não sabíamos do que viver.

É dessas coisas que eu tenho medo. Se eu ficar doente, o que vai acontecer com você? Fico com medo de acontecer alguma coisa com você no caminho da escola. Tenho medo de o aluguel subir, coisas desse tipo. Todos os dias eu me esforço para não ter medo à toa, mas ele sempre volta. Chega uma hora em que eu me canso, vou até a cristaleira

Uma Vovó especial

e tomo um traguinho. Aí eu converso comigo mesma: Erna, esse medo seu não tem sentido, pare com isso. Assim, consigo me acalmar por um tempo, você entende?

Kalle entendeu.

O medo da Vovó

Ele descobriu que às vezes tomo uns tragos. Deve estar achando que sou uma velha alcoólatra. Tentei explicar. Não sei por que sempre me sinto tão boba quando tento explicar essas coisas. Afinal, como é que um menino vai entender o medo de uma pessoa mais velha? Ou será que ele entende? Talvez ele me conheça melhor do que eu penso, seria até bom. De vez em quando eu preciso de um golinho, o que posso fazer?

Vovó e o futebol

Kalle não ia bem em todas as matérias e nem sempre fazia as tarefas, mas a maioria dos colegas gostava dele. Ele inventava brincadeiras, ajudava quando podia e não fugia de uma boa briga. Mas, antes de mais nada, Kalle era um craque em futebol. O melhor amigo dele era um menino alto e magro, que tinha o apelido de Cominho e adorava astronomia. Cominho era o melhor goleiro de todas as cinco turmas de terceira série. Foi ele que teve a idéia de formar um time para desafiar os meninos da quarta série.

Escolheram Kalle para ser o líbero. Sabiam o que era um líbero, pela televisão e pelo rádio. Kalle achava que o líbero tinha de ser o mais esperto do time, porque era ele quem passava a bola para os outros e podia iniciar jogadas decisivas.

Uma Vovó especial

No começo, os meninos só treinavam durante o recreio. Quando os professores ficaram sabendo que havia um time, sugeriram que eles treinassem à tarde, no campo de futebol do bairro. Um dos professores iria também, para ser o técnico.

Kalle adorou a idéia. Assim que chegou em casa, contou tudo para a Vovó. Mas ela era contra, achava que futebol era muito perigoso, que ele podia quebrar a perna ou furar a cabeça.

– Não, Kalle, isso não – ela disse. – Você sabe que sou generosa, mas sei que não vão conseguir cuidar direito de vocês.

– Cuidar? Pois ninguém vai ter de cuidar da gente, mesmo – protestou Kalle. – Você é que está sempre querendo arranjar uma babá para nós. Ah, Vovó, por favor! Quinta-feira vai ser o primeiro treino!

Vovó não conseguiu dizer não, ela nunca conseguia. Só perguntou onde ficava o campo de futebol.

– Não é longe daqui – respondeu Kalle –, é na praça verde e branca, sabe? Onde também jogam tênis.

– Sei – respondeu a Vovó. – Aquele pessoal que não tem o que fazer.

– Bobagem, Vovó – disse Kalle –, se você soubesse, também ia jogar.

– Sabe quanto custam aqueles vestidinhos brancos? – Vovó perguntou.

Vovó e o futebol

– Não quero nem saber – respondeu Kalle.

– Nem eu – falou a Vovó –, mas é por isso que não sei jogar tênis.

Na quinta-feira à tarde, Kalle foi para o treino. A bola estava com ele. Kalle tinha sido encarregado de levá-la até o campo. Até a Vovó achou aquela bola branca e preta bem bonitinha.

O professor que estava lá era um homem jovem e tinha muito para ensinar aos meninos. Mostrou como se pára a bola, com o peito ou com o pé, e como se chuta depois, com a lateral do pé ou com a ponta. Kalle gostava de cabecear, era o que ele fazia melhor.

Lá no gol, Cominho se contorcia para todos os lados como uma cobra. Ele se jogava no chão, pulava para o alto, fazia qualquer coisa. O importante era segurar a bola.

De repente, no meio do jogo, Kalle levou um susto. Lá estava a Vovó, olhando para o gramado! Ele ficou com tanta vergonha que resolveu fingir que não a via. Vovó acenou com a mão, depois começou a gritar. Kalle não entendia o que ela gritava. Primeiro, pensou que ela estivesse brava com ele, mas depois percebeu que ela olhava para a bola e gritava:

– Vai, Kalle! Mais rápido! Cuidado com o gordo, ele quer roubar a bola!

O professor foi falar com ela, e Kalle ficou observando os dois com o rabo dos olhos. Pelo jeito,

Uma Vovó especial

a Vovó estava dizendo coisas engraçadas, porque o professor ria toda hora.

A Vovó ficou até o final do jogo, torcendo pelo time de Kalle. Mas o menino percebeu que ela não entendia nada do que estava acontecendo. Decerto foi isso que fez o professor dar tanta risada! Na volta, Vovó quis comentar as jogadas, mas Kalle não se animou a explicar nada. Ela não ia entender, mesmo.

Daquele dia em diante, Vovó nunca mais reclamou dos treinos de futebol.

Pouco tempo depois, Kalle se machucou durante um jogo. Não tinha sido culpa de ninguém, ele é que foi desajeitado. Tropeçou enquanto corria sem a bola, e torceu o pé. Seu tornozelo inchou e ele não conseguia apoiar o pé no chão. O professor o levou para casa.

Kalle achou que a Vovó fosse ficar nervosa. Mas ela não perdeu a calma. Agradeceu ao professor, examinou bem o tornozelo e disse:

– Ainda bem que não quebrou.

Vovó não quis nem chamar o médico, apesar de Kalle dizer que o pé estava doendo muito.

– Já sei – Vovó falou –, vou fazer compressas no seu tornozelo. Você vai ver, ele vai desinchar e parar de doer. Só que você vai ter de ficar deitado por alguns dias.

Durante esses dias, Vovó se dedicou inteiramente ao menino. Nem foi distribuir folhetos e ficava

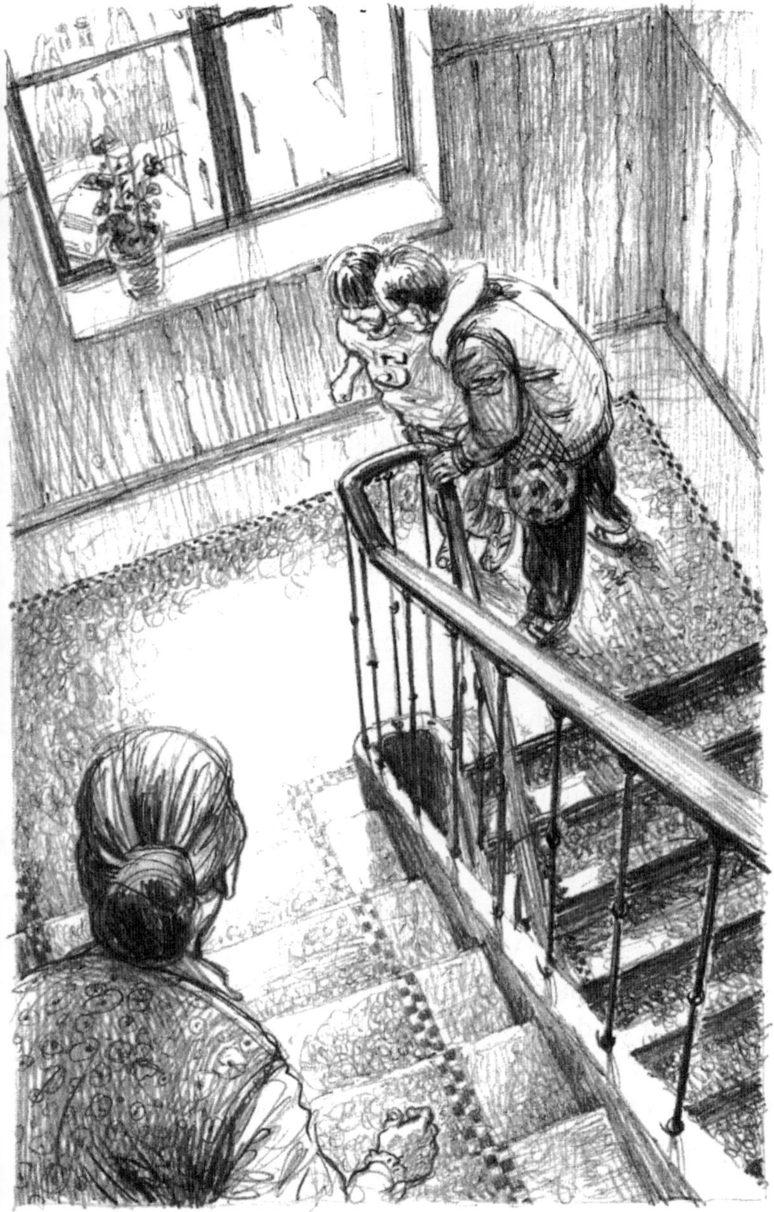

Uma Vovó especial

o dia inteiro em casa. Ela arrastou a televisão para perto do sofá e ficava fazendo jogos com Kalle para passar o tempo. No terceiro dia, quando Kalle não sabia mais o que fazer, Vovó quis ensiná-lo a fazer tricô, mas isso ele não quis.

Kalle estava com medo de que, depois do acidente, Vovó lhe proibisse o futebol. Mas isso não aconteceu. Depois que o pé melhorou e Kalle voltou a ir para a escola, ela até perguntou:

– Você não tem jogo hoje?

– Não, só amanhã – Kalle respondeu.

– Cuidado com a perna – ela falou –, mas trate de jogar bem assim mesmo.

Vovó e o futebol

Ainda bem que o Kalle não sabe as coisas que eu fico imaginando. Essa história do futebol bem que me deixou desconfiada, podia ser mentira. E se o campo de futebol e o tal do professor não existissem, se isso fosse só uma desculpa para ele ficar na rua, fazendo bobagem? Está certo que eu tenho medo de acontecer alguma coisa, mas não posso começar a desconfiar do Kalle desse jeito, que vergonha. Que isso nunca mais se repita, Erna!

Brigas

Às vezes, Kalle e Vovó também brigavam. Quando ela não queria que o menino fosse ao cinema, por exemplo, quando ela implicava com algum amigo dele, ou quando o mandava pôr roupa grossa num dia quente. Mas eram briguinhas à-toa e passavam rápido.

Kalle só ficava chateado de verdade quando a Vovó falava mal da mãe dele. Depois de tanto tempo, Kalle nem se lembrava direito da mãe, mas ainda sentia um carinho especial por ela. Era como se ela continuasse perto dele, mais perto do que qualquer outra pessoa.

Para a Vovó, a pessoa mais querida tinha sido seu filho, o pai de Kalle. Mas da mãe de Kalle ela nunca falava sem botar algum defeito, mesmo depois de tantos anos. Dizia que ela tinha errado em muita coisa, até mesmo na educação de Kalle.

Uma Vovó especial

Quando Vovó começava com esse tipo de conversa, Kalle ficava louco da vida. Já tinha prática em defender a mãe.

– Não fale assim! – ele gritava. – Você nem sabe como era a minha mãe!

– Sei melhor do que você – respondia a Vovó.

As brigas sempre começavam assim. O menino não entendia por que Vovó fazia tanta questão de provocá-lo. Por que não ficava quieta e nunca mais falava na mãe dele? Mas a Vovó não tomava jeito: de repente, lembrava alguma coisa e voltava a ficar com raiva da mãe do menino, por algum motivo que ele não entendia.

– Não é possível que vocês fossem tão inimigas. Ela era minha mãe, mulher do seu filho!

– É, isso é verdade – respondia a Vovó, mas o tom dela não era sincero e deixava Kalle mais chateado ainda.

No final dessas discussões, Kalle sempre acabava chorando. Certa vez, ele chegou a bater na Vovó, cego de raiva. Por causa disso, Vovó ficou sem falar com ele por muitos dias. Ela não aceitava que Kalle ainda amasse sua mãe como se estivesse viva, ou até mais. Talvez ela sentisse ciúmes desse amor. Vovó sempre dizia:

– Se você soubesse como a sua mãe era ruim comigo!

– Que bobagem, Vovó, você não sabe de nada. A mamãe era muito boazinha – Kalle tentava convencê-la.

– Boazinha com você, pode ser – respondia a Vovó.

– Com você ela não podia ser boazinha, mesmo! – Kalle gritava. – Aposto que você era muito pior com ela! E, além disso, você não era tão importante.

– Ah é, eu não era importante? E agora, você ainda acha que eu não sou importante? – ela perguntava, triunfante.

– Ah, me deixe! – dizia Kalle, soluçando.

O menino não queria admitir que a Vovó tinha se tornado tão importante para ele quanto sua mãe.

Bem, admito que eu não gostava muito da minha nora. E é claro que o menino ainda é apegado a ela, era a mãe dele. Mas ela morreu. Eu sou a avó dele, mas estou viva. Kalle acha que ela era uma santa, e isso não é verdade, ela também tinha seus defeitos. Não é possível que agora eu não possa falar mais nada sobre ela. Fico louca quando ele vem com comparações: "mas a mamãe fazia assim", "com a mamãe era diferente". Tudo bem, eu sei! Mas agora sou eu que estou aqui. E não é porque alguém morreu que passa a ser uma pessoa perfeita. Preciso fazer um esforço e parar de provocar o menino com isso. Mas não é fácil.

O prêmio

Vovó gostava de participar de todos os sorteios e concursos que encontrava em jornais e revistas. Kalle acabou ficando com essa mania, também. Assim, os dois participavam e aumentavam as chances de ganhar. Kalle teve sorte uma vez: ganhou um capacete amarelo, que era muito grande para ele e acabou pendurado na parede. Quando o correio trouxe o pacote, Vovó ficou revoltada:

– Isso não é justo, eu já participo há tanto tempo e nunca ganhei nada. E você mal começou e já ganhou um prêmio!

Kalle tentou consolá-la:

– Qualquer dia desses você ainda vai ganhar o prêmio especial.

E foi o que aconteceu. Chegou um telegrama, avisando: "Parabéns! A senhora acaba de ganhar um

Uma Vovó especial

vôo panorâmico sobre a cidade de Munique." Vovó nem sabia de qual sorteio se tratava, pois estava participando de uns doze ou treze ao mesmo tempo.

– Você entendeu o que eles querem dizer? – Vovó perguntou.

– Que você vai dar uma volta de avião por cima da cidade, é claro!

– Não vou aceitar – Vovó falou –, quero outro prêmio.

– Espere em pouco para ver o que vai acontecer.

A firma tinha sido rápida para mandar o telegrama, mas depois não deu mais notícias. Vovó estava tão ansiosa com o prêmio que não pensava em outra coisa. Toda vez que tocava a campainha, ela corria para a porta e ficava decepcionada quando via que era a vizinha ou o carteiro.

– Estou começando a achar que me enganaram – Vovó falou.

– Eles precisam reservar a sua passagem – Kalle tentou explicar. – Isso demora um pouco.

– Eu nem quero essa passagem!

– Mas eles não sabem disso.

– Não fale bobagem! – Vovó sempre ficava brava quando falava do prêmio. – Qualquer um sabe que não se pode oferecer uma viagem de avião para uma senhora de idade.

Eles estavam jantando. Kalle riu, mas Vovó estava de mau humor e não parava de implicar:

O prêmio

— Sente-se direito, você está quase caindo da cadeira. E tire o cotovelo da mesa.

Kalle falou:

— Você disse que eles sabem que você é velha. Pense bem: quando preencheu o cupom, você teve de dizer a idade?

Enquanto Vovó ainda tentava se lembrar, Kalle a interrompeu:

— Acho que nunca se põe a idade. No máximo, eles pedem para confirmar se a pessoa é autorizada a assinar. E isso você é, não é?

— Por acaso eu sou débil mental? – Vovó gritou.

— Não, mas quem foi que disse que era?

No caminho para a escola, Kalle ficou tentando pensar num jeito de ajudar a Vovó a sair daquela angústia. Então ele resolveu escrever uma carta para a firma que tinha oferecido o prêmio.

À tarde, enquanto a Vovó distribuía folhetos, Kalle escreveu:

Prezados senhores,

Sou neto da senhora Erna Bittel, que teve a honra de receber o seu prêmio especial, o passeio de avião sobre a cidade. Devo dizer que existe um problema, mas a minha avó ainda não teve coragem de avisar: ela não quer esse prêmio. Minha avó tem medo de voar. Ela nunca viajou de avião. E eu tam-

Uma Vovó especial

bém não. Será que é possível dar outro prêmio para ela, alguma coisa que seja do gosto de uma avó? Acho que ela ficaria muito contente.

Atenciosamente

Kalle Bittel

Kalle fechou o envelope e colou um selo. Antes que a Vovó voltasse, ele jogou a carta na caixa do correio. Pronto, o problema estaria resolvido em pouco tempo.

Durante algum tempo não aconteceu nada, e Vovó continuava uma pilha de nervos. Finalmente, depois de três semanas, chegou uma carta da firma do sorteio. A carta não era para a Vovó, era para Kalle. Vovó quase ficou louca, porque Kalle estava na escola e ela não podia abrir uma carta que não estava em seu nome. Essa regra existia por culpa da própria Vovó. Ela tinha feito um trato com o menino de que nunca um abriria as cartas do outro. Na verdade, isso não se faz mesmo. Então Vovó ficou esperando, muito agitada. Era justamente o dia em que Kalle tinha seis aulas e chegava mais tarde! Vovó quase morreu de curiosidade. Colocou a carta contra a luz, mas não dava para ver nada. Depois, teve a idéia de abrir o envelope no vapor e depois fechar de novo, mas isso também seria desonesto. Para se distrair, Vovó foi à padaria, comprou meio pão e aproveitou para conver-

O prêmio

sar com o padeiro. Conversou tanto, que o homem acabou pedindo licença:

– Preciso voltar para a cozinha, a senhora me desculpe.

Vovó ficou até com vergonha por ter atrapalhado o padeiro por tanto tempo.

Finalmente, ela ouviu Kalle chegando. Correu para abrir a porta e já foi avisando:

– Kalle, chegou uma carta para você. Sabe, daquela firma que me deu o passeio de avião!

Kalle não deu muita atenção, fez que sim com a cabeça e foi para o quarto.

– Você não vai ler a carta? – Vovó gritou.

– Já vou. Primeiro vou arrumar as coisas da escola – respondeu Kalle.

– Deixe isso para depois! – Vovó falou, impaciente.

– Depois você vai dizer que nunca arrumo minhas coisas!

– Não estou falando nada.

– É, sim, você sempre reclama.

– Mas hoje não vou reclamar.

Sem pressa, Kalle terminou de arrumar as coisas. Enquanto isso, Vovó andava de um lado para o outro, indignada.

– Meu Deus, que menino horrível!

Finalmente, Kalle foi para a cozinha. Vovó lhe deu uma faca para ele cortar o envelope. Kalle abriu

Uma Vovó especial

a carta bem devagar, não deixou a Vovó ver o que estava escrito e começou a ler. No final, ele deu um sorriso e dobrou a carta de novo.

– E então?

– Está tudo bem – respondeu Kalle.

– Como assim? Aliás, por que eles escreveram para você e não para mim? Fui eu que ganhei o prêmio!

– Você disse que não queria o prêmio – lembrou Kalle.

– Mas eles não sabem disso – respondeu a Vovó.

– Eles não sabiam – disse Kalle, sentindo-se o maior. – Mas eu mandei uma carta para eles.

– O quê? Você ficou louco? Você não tem o direito de arruinar os meus negócios! – Vovó gritou.

Kalle estava cada vez mais calmo.

– Não arruinei nada, Vovó. Só resolvi o problema.

– Fale logo!

– Ficou decidido que eu vou fazer o passeio de avião no seu lugar – Kalle explicou –, porque você é muito velha para isso.

Sempre que Vovó ficava com muita raiva, ela não conseguia parar em pé. Arrasada, caiu na cadeira e fixou Kalle com os olhos arregalados:

– Você tomou meu prêmio. Meu único neto está me roubando, mandando cartas para enganar a pró-

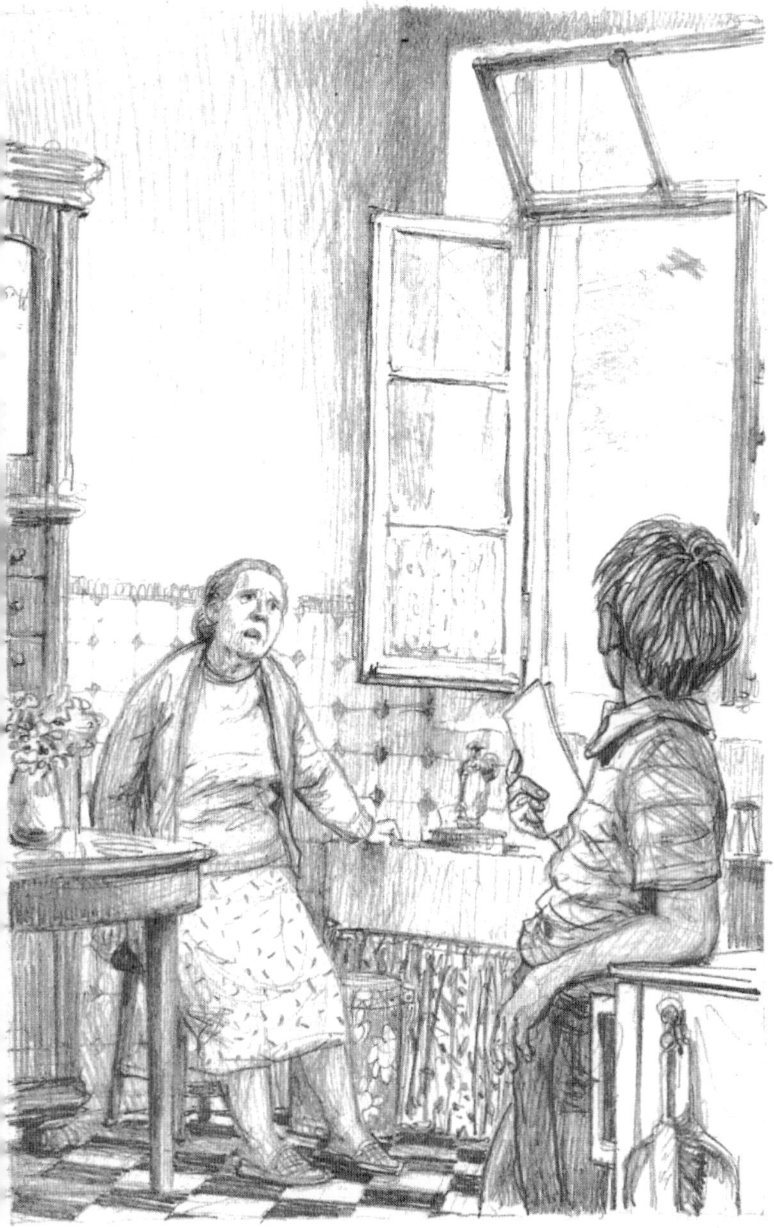

Uma Vovó especial

pria avó. Isso é o cúmulo. Vou informar o juizado de menores.

– Se continuar assim – disse Kalle –, não converso mais com você. Nem conto o que mais está escrito na carta.

– O quê?

– Você também vai ganhar um prêmio, para compensar.

– Não deve ser grande coisa – respondeu a Vovó, desanimada.

– Escute só: enquanto eu estiver voando, você está convidada para um almoço de luxo no restaurante do aeroporto.

– Então foi isso que sobrou para mim? – resmungou a Vovó.

Mas no fundo ela estava gostando do acordo: eles não tinham perdido o vôo, e ainda por cima ganharam um almoço. O único problema era que Vovó ia ficar com medo do mesmo jeito, já que Kalle ia voar no lugar dela.

– Mas nunca mais se meta nos meus negócios – Vovó falou, encerrando o assunto.

O prêmio

Não sei por que reclamo tanto quando o menino resolve fazer uma coisa por conta própria. Eu deveria ficar contente, isso sim. Por que não deixar que ele se intrometa de vez em quando? Afinal, a avó dele se comportou como criança e não conseguiu resolver um problema. Ele só quis ajudar, e eu deveria apoiá-lo.

Visita ao asilo

Certo dia, Vovó falou para Kalle:
– Já faz meses que estou devendo uma visita à sra. Wendel. E você vai junto, senão não agüento aqueles velhos todos.
– Onde é que ela mora? – Kalle perguntou.
– Num asilo.
– Eu não vou, de jeito nenhum – disse Kalle.
– Vai, sim, e ponto final.

A Vovó pôs o mesmo conjunto esquisito que ela sempre usava para viajar ou fazer visitas importantes. Kalle também foi obrigado a trocar de roupa. E lá foram eles.

No asilo deviam morar muitos velhos, pois só no jardim já havia um monte deles. Vovó percebeu que Kalle ficou assustado e falou:
– Você está pensando que vai ficar jovem para sempre?

Uma Vovó especial

– Não – Kalle respondeu –, mas nunca vou ficar tão velho assim. Quero ficar no máximo como você.

Vovó riu:

– Ora, Kalle, se você não me conhecesse e me encontrasse aqui no asilo, certamente me acharia uma velha igual às outras.

Kalle não disse mais nada.

Foram recebidos pela sra. Wendel numa sala grande e pouco aconchegante, cheia de poltronas velhas e mesas redondas. A sra. Wendel era uma velhinha minúscula, que ficava o tempo todo balançando um pouquinho a cabeça. Vovó parecia estar contente de vê-la. Orgulhosa, apresentou Kalle para a amiga:

– Este é o meu neto. Você sabe que ele mora comigo, não é?

A sala estava quente e abafada, e cheirava a mofo. Kalle começou a sentir calor e tirou o casaco. Vovó também parecia estar com calor, pois tirou até o chapéu.

Kalle não prestou atenção à conversa das duas. Vovó falava muito sobre ele e a sra. Wendel contava de seu único filho, que tinha morrido na guerra:

– Ele era um rapaz tão novo – ela repetia sem parar –, tão novo...

Kalle ficou observando os velhos das outras mesas. A maioria até que parecia normal, mas al-

Visita ao asilo

guns faziam coisas estranhas: falavam sozinhos, sorriam ou faziam caretas esquisitas. Outros não conseguiam comer sozinhos e precisavam da ajuda de uma enfermeira. E havia alguns que ficavam o tempo todo sentados sem se mexer, como se já estivessem mortos. Kalle não teve medo, mas se sentiu meio constrangido, como se fosse um estranho. Aquele mundo não tinha nada a ver com ele.

Na volta, Kalle e a Vovó ficaram muito tempo em silêncio. Finalmente, a Vovó falou:

– Como é triste viver amontoado daquele jeito. Só velhos no meio de velhos...

Kalle não estava conseguindo explicar o que sentia:

– Eu sei que você também é velha, Vovó. Mas não é como eles, é diferente, não sei...

– Na verdade – respondeu a Vovó –, eu sou como eles, só que não moro no asilo. Eu moro com você, e você é uma criança. Então, a velhice não é ruim. A velhice só é horrível quando os velhos ficam isolados e não podem participar da vida aqui fora. É essa a diferença. Mas o mundo tem medo da velhice. Você também, Kalle.

Kalle lembrou-se do calor do asilo, do cheiro ruim e do ar abafado, do aperto que ele sentiu no peito, e ele percebeu que ela tinha razão. Aliás, a Vovó era mesmo uma pessoa incrível.

Foi bom o Kalle ver como é um asilo: um monte de velhos, todos juntos, isolados num mesmo lugar.

Eu não gostaria de morar num asilo, de jeito nenhum. Aliás, não me sinto tão velha assim.

No fundo, devo isso ao menino. Se eu não tivesse de cuidar do Kalle, acho que também ficaria reclamando de uma dorzinha aqui e outra ali, me queixando e irritando os vizinhos. Na verdade, o Kalle é meu grande remédio.

Vovó e a televisão

No início, Kalle e a Vovó nunca conseguiam ver televisão sossegados, pois cada um queria assistir a uma coisa, e eles nunca entravam em acordo. Com o tempo, esse problema se resolveu, porque Vovó não fazia tanta questão de televisão e deixava Kalle assistir aos seus faroestes e policiais. Ela não achava graça nesse tipo de filme, preferia costurar ou ler jornal. Mas, quando passava algum filme antigo que ela conhecia, Vovó não admitia discussão. Até mandava Kalle para a cama mais cedo:

– Você é muito novo. É um filme antigo, você não ia entender nada.

Por curiosidade, Kalle quis assistir a um desses filmes, mas desistiu na metade. Era muito chato e meloso. Mas a Vovó até chorou de emoção.

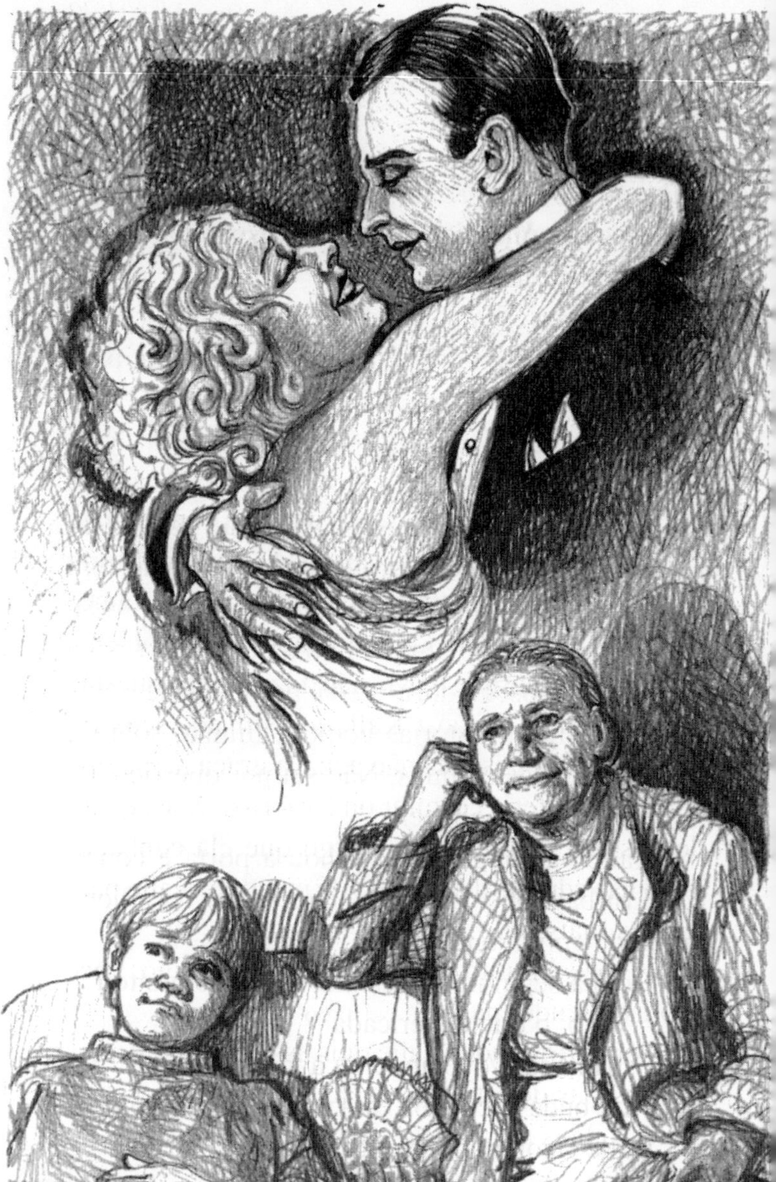

Vovó e a televisão

Certa vez, Kalle acordou no meio da noite e ouviu a voz da Vovó no quarto ao lado. Ele se assustou. A Vovó não tinha avisado que ia receber visita. Na ponta dos pés, Kalle andou até a porta e abriu uma fresta para espiar. Vovó estava sozinha, discutindo com a televisão.

– Que jericada! – ela disse.

Kalle resolveu guardar bem essa palavra, para depois perguntar o que era.

– Isso é tudo jericada – Vovó repetiu. – Ninguém vive assim, nem mesmo os ricos. Não sei por que inventam essas coisas, pensam que podem fazer a gente de bobo! Isso aí não existe, não tem nada a ver com a realidade. Vejam a minha vida, por exemplo: tenho um menino para cuidar e vivo da minha aposentadoria e da pensão dele. Mas nunca mostram histórias como a minha, sobre a vida de pessoas comuns. Não sei por que fico assistindo a essas bobagens.

Kalle não agüentou. Fechou a porta e começou a rir baixinho. Era muito engraçado ver a Vovó brigando com a televisão.

No dia seguinte de manhã, Kalle perguntou:
– Vovó, o que é "jericada"?

Espantada, Vovó abaixou a xícara de café.

– De onde você tirou essa palavra? – perguntou.

Kalle ficou meio sem graça.

Uma Vovó especial

– É que essa noite, quando você estava discutindo com a televisão, você falou que era tudo jericada!

– Ah, isso... – respondeu a Vovó. – Jericada é bobagem, lixo, besteira, esse tipo de coisa.

– Qual era o filme que estava passando? – Kalle perguntou.

– Era um desses filmes modernos que eles dizem que discutem problemas não sei do quê. Mostra uma festa de aniversário, na Inglaterra ou nos Estados Unidos, em que os hóspedes são todos malucos. Nenhum deles trabalha, mas não porque sejam ricos. São todos pobres, e ainda por cima loucos. Ou então fingem que são, sabe Deus por quê.

– Parece divertido – comentou Kalle –, melhor do que esses filmes velhos a que você assiste, em que as pessoas usam roupas esquisitas e ficam se abraçando e chorando o tempo todo.

– Você não entende – Vovó falou. – Antigamente a vida era assim.

– Duvido – Kalle respondeu. – Lembra aquele filme em que a mocinha estava no telhado e quase caiu? Não acho que isso acontecia de verdade.

– Mas era por causa de uma herança – disse Vovó.

– O que é isso?

– Quando uma pessoa morre, todo o dinheiro que ela tinha, às vezes até uma casa ou uma fábri-

Vovó e a televisão

ca, vai para outras pessoas, que normalmente são seus parentes – Vovó tentou explicar.

– Está vendo como não é a realidade? Você não tem muito dinheiro, não tem casa e muito menos fábrica – disse Kalle.

– Eu sei. Mas as pessoas do filme tinham muito dinheiro. A mocinha ia ganhar tudo aquilo, e havia alguém tentando roubar a herança dela. E isso não é justo. Entendeu agora?

– Nem quero entender – disse Kalle. – Esses filmes são muito chatos.

– Chatos são os seus faroestes. O que acontece neles também não é verdade. Você já viu alguém atravessando a cidade a cavalo e dando tiros de revólver?

– Mas isso é lá nos Estados Unidos – disse Kalle.

– Mesmo assim. É tudo inventado – insistiu a Vovó, que não queria dar o braço a torcer.

Kalle estava cansado de discutir e mudou de assunto:

– Mas jericada é uma palavra genial, gostei mesmo.

Uma Vovó especial

Foi bom o Kalle aprender o que é jericada. Mas não gostei da maneira como ele falou dos meus filmes, como se eu fosse uma velha chorona – isso eu não admito! Por outro lado, ele tem um pouco de razão quando diz que aquelas histórias só servem para chorar. Mesmo assim, eu gosto dos filmes antigos, não consigo entender os filmes de hoje.

Mas acho importante discutir com ele o que é mostrado nos filmes. Talvez até esteja na hora de começar a falar em política. Meu velho sempre evitava esse assunto. Ele nunca quis entrar em partido nenhum. Dizia que não queria se envolver no jogo sujo da política. Mas eu achava que ele devia lutar pelos seus direitos.

Comigo era diferente. Depois da guerra, entrei para o partido social-democrata. Eu gostava do Kurt Schumacher, foi um grande político naquela época. O Otto ficava louco comigo, mas eu acho errado fugir da política. Não quero que o Kalle fique assim quando crescer.

A doença da Vovó

Kalle não conseguia imaginar que algum dia a Vovó pudesse ficar doente. Desde que o menino morava com ela, Vovó nunca tinha ficado de cama. Kalle já ia fazer dez anos quando a Vovó adoeceu pela primeira vez.

Durante muitos dias, Vovó tentou esconder que estava se sentindo mal. Ficava na cama até mais tarde, pedia para ele tomar café sozinho, não entregava os folhetos e mandava Kalle comprar pão. Nada disso era normal.

– Você não está se sentindo bem? – Kalle perguntou.

– Não é nada – ela dizia –, só estou meio mole. Acho que é o cansaço de final de inverno.

No quinto ou sexto dia, ficou claro que não era só isso. Vovó percebeu que estava com febre. Estava na hora de chamar um médico.

Uma Vovó especial

Kalle fez o maior esforço para esconder o medo que estava sentindo.

– Quer que eu vá chamar o doutor? – perguntou.

– Quero, sim – Vovó respondeu.

Na porta do consultório, havia uma placa que avisava os horários de atendimento. Kalle tocou a campainha. A atendente do médico abriu a porta, viu o menino e falou:

– O doutor não está atendendo agora. Dá para voltar mais tarde?

– A Vovó está doente – disse Kalle.

A moça se espantou:

– O quê? A senhora Bittel? Não é possível.

Quase chorando, Kalle explicou:

– Ela está doente de verdade, com febre e tudo. E a Vovó nunca me pediu para chamar o médico...

Quando a moça entendeu o que estava acontecendo, sua voz se abrandou:

– O doutor já vai até sua casa, não se preocupe.

– Está bem – disse Kalle –, mas tem de ser já.

– Assim que ele voltar da visita que está fazendo – ela garantiu.

O médico chegou logo. Mandou Kalle para fora do quarto, dizendo:

– Preciso examinar sua avó direitinho.

Kalle ficou sentado no outro quarto, sem saber o que fazer. Então pensou no discurso que a Vovó tinha feito no seu último aniversário. Foi muito

A doença da Vovó

emocionante. Depois, começou a imaginar o que ia acontecer se ela morresse, e ficou repetindo em voz baixa:

– A Vovó não pode morrer. Ela não pode morrer, não pode...

De repente, voltou a se sentir como um menininho de cinco anos.

O médico bateu na porta e o chamou. Os dois se sentaram perto da Vovó, e o médico falou:

– Ouça, Kalle, não precisa se preocupar. Sua avó está com a garganta inflamada, mas ela é forte para a idade. Não é mesmo, senhora Bittel?

Vovó concordou, toda orgulhosa.

– Mas a sua avó não pode ficar aqui, ela precisa de tratamento – o médico continuou –, você não daria conta. Já conversamos e combinamos que ela vai ficar internada por uma semana. Vou pedir para a vizinha dar uma ajuda, e vou avisar a assistente social que cuida de você.

– Não, ela não – protestou Kalle.

– Ela, sim – falou o médico. – Precisamos fazer tudo certinho, senão a sua avó vai ficar preocupada e não vai conseguir melhorar.

– Está bem – Kalle concordou.

– Amanhã a ambulância vem buscar a sua avó. Você pode faltar um dia à escola, vou escrever uma carta para a professora.

– Está certo.

Uma Vovó especial

De repente, o menino sentiu que estava calmo. Era hora de mostrar que a Vovó podia contar com ele.

No dia seguinte a ambulância chegou cedinho. Depois que levaram a Vovó, Kalle fechou a porta e começou a chorar. Ainda dava tempo de ir para a escola, mas ele não quis. Começou a arrumar a casa, como a Vovó sempre fazia de manhã. Mais tarde, a vizinha tocou a campainha e perguntou se ele já queria almoçar.

– Agora não, obrigado – Kalle falou.

– Nossa, mas que casa arrumadinha! – disse a mulher, e ele ficou contente.

Depois do almoço, Kalle foi jogar futebol. Às cinco, foi visitar a Vovó no hospital. Pretendia fazer isso todos os dias. Geralmente, o hospital só permitia visitas três dias por semana, mas Kalle tinha uma autorização especial.

Vovó estava cansada, por isso não fez muitas perguntas. Kalle também não sabia o que contar, e se arrependeu por não ter pensado nisso antes. Não gostava de ficar sem assunto para distrair a Vovó.

No dia seguinte, Kalle foi à escola e voltou ao meio-dia. Quando ele já estava almoçando, chegou a assistente social. Não era a mesma que Kalle conhecia das outras vezes. Ela se apresentou:

– Sou a sra. Hauschild.

– Eu sou Kalle Bittel.

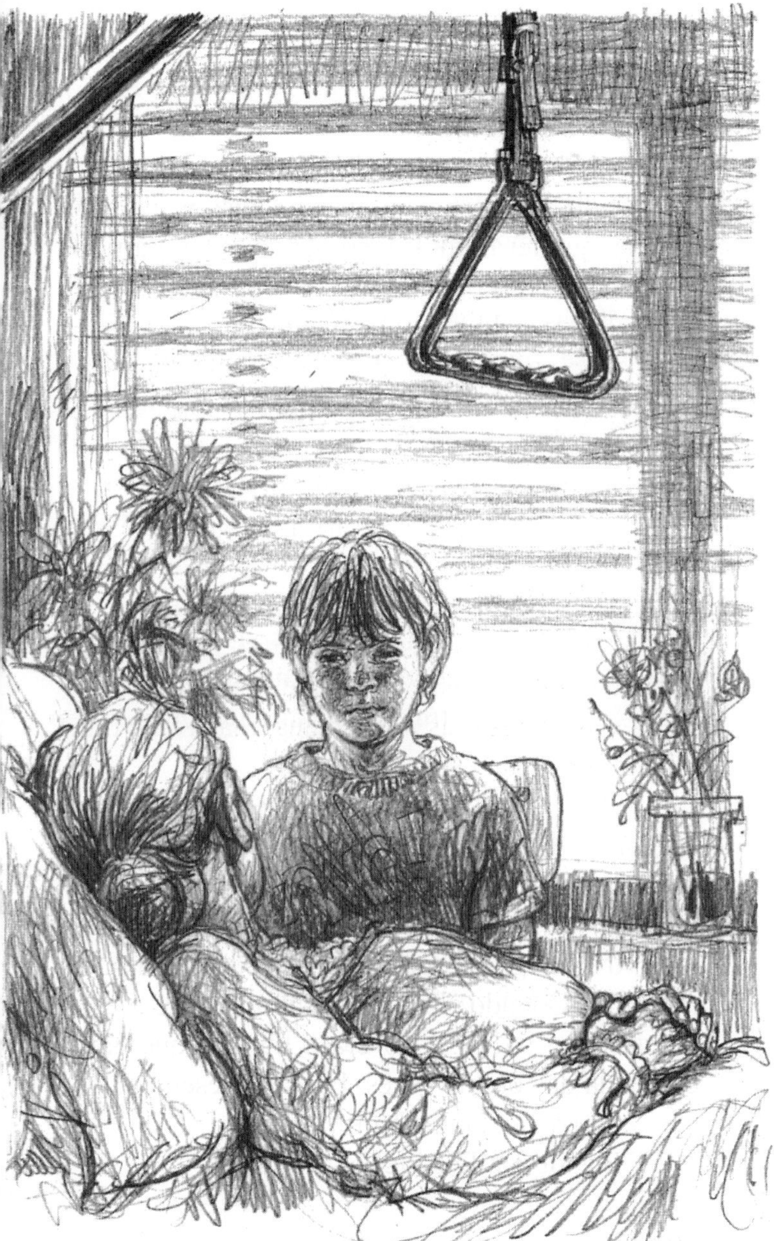

Uma Vovó especial

A mulher riu.

– Eu já sabia – ela falou. – Posso ajudar em alguma coisa?

– Acho que não precisa, já consigo me virar sozinho – respondeu Kalle.

– Que bom – ela falou. – Mesmo assim, vou dar uma passadinha todos os dias, e você pode me chamar se tiver algum problema. Quem faz o almoço é a vizinha, não é?

– É – disse Kalle.

– E você não precisa arrumar a casa tanto assim, um pouco de bagunça não faz mal – ela acrescentou.

Kalle começou a gostar dela.

No outro dia, quando ele quis visitar a Vovó, a enfermeira não o deixou entrar no quarto:

– Sua avó está fraca por causa da febre e precisa descansar.

Kalle ficou apavorado e começou a imaginar o pior. Precisava estar preparado para tudo. Mais tarde, ele falou para a sra. Hauschild:

– Eu sei que a Vovó vai morrer.

– Não fale bobagem, Kalle – ela respondeu. – Acabei de me informar no hospital.

– Vai, sim – disse ele –, e depois vão me mandar para um orfanato.

– Bobagem – repetiu a sra. Hauschild, e Kalle percebeu que ela não queria mais falar no assunto.

A doença da Vovó

Ela vinha todos os dias, no fim da tarde. Conversava com a vizinha, olhava a lição de casa e assistia a um pouco de televisão com ele. Tinha um jeito muito simpático, e não ficava incomodando o menino com perguntas. Só vinha para ver se tudo estava bem e ajudava no que fosse preciso.

Poucos dias depois, a Vovó melhorou e pôde receber visitas. Às vezes, Kalle e a sra. Hauschild iam juntos. Já não faltava assunto, pois a Vovó estava voltando ao normal: conversava, perguntava e dava ordens.

Depois de duas semanas de hospital, Vovó voltou para casa. Kalle fez uma limpeza caprichada e colocou um cartaz de boas-vindas na porta. Com giz de cera vermelho, ele escreveu bem grande: "Bem-vinda, Vovó!"

Vovó chegou de táxi, toda contente. Kalle abriu a porta quando ouviu a risada dela lá fora. Tinha adorado o cartaz e estava feliz por chegar em casa. Desta vez, em vez de esperar o abraço de sempre, Kalle fez questão de abraçar a Vovó primeiro. Depois, ela andou pela casa inteira, elogiando a limpeza. No final, deu um tapinha nas costas do neto e disse:

– Pronto, Kalle. Agora vamos voltar a trabalhar juntos.

Vovó estava começando a fazer um café quando tocou a campainha. Era a vizinha, com um buquê

Uma Vovó especial

de flores. Enquanto Vovó ainda agradecia o presente, a campainha tocou de novo. Chegou a mulher da padaria, trazendo um bolo. Vovó começou a contar da doença dela, com todos os detalhes. E então a campainha tocou mais uma vez. Era a sra. Hauschild. Armou-se a maior festa na cozinha, todo o mundo sentado em volta da mesa e conversando ao mesmo tempo. Kalle estava feliz. Todas as visitas falaram que a Vovó estava bonita e parecia bem descansada.

– Essa é boa – Vovó brincou –, vocês acham que eu saí de férias?

À noite, Vovó resolveu ir para a cama mais cedo.

– Preciso tomar cuidado para não exagerar – explicou.

Então Kalle falou:

– É horrível ficar sem você, Vovó.

Vovó ficou satisfeita de ouvir isso.

– Viu só? – e depois acrescentou: – Mesmo assim, acho importante você aprender a andar com as próprias pernas.

Kalle ficou pensando no medo que ele sentiu naquelas duas semanas. Por sorte, ele tinha recebido muita ajuda de outras pessoas. E se um dia ele não pudesse contar com elas? Vovó tinha razão, foi bom ele se virar sozinho por uns dias.

Vovó foi para o quarto, trancou a porta e começou a tirar a roupa. Tudo estava voltando ao nor-

A doença da Vovó

mal. Kalle estava feliz, era essa a vida que ele ainda queria ter por muitos anos.

– Boa noite, Vovó! – gritou Kalle.

– Boa noite, Kalle – respondeu a Vovó. – Durma bem. Pode deixar que eu chamo você amanhã cedo.

– Está bem, Vovó.

Kalle já não precisava mais de despertador. A Vovó tinha voltado para casa.

Uma Vovó especial

Erna Bittel, chegou a sua hora. Era só isso que eu conseguia pensar, quando Kalle foi buscar o médico. Tantas coisas me passaram pela cabeça: o que vai ser do menino, será que alguém vai cuidar dele? Ou será que vão mandá-lo para um orfanato? Eu quis levantar da cama para ninguém perceber que eu estava doente, mas não consegui. Estava fraca demais, achei mesmo que ia morrer.

Ainda bem que tudo passou. Estamos juntos de novo. O Kalle me parece mais atencioso, mais sério... Acho que foi um choque para ele. Seria bem melhor se ainda estivesse com os pais. Mas só para ele, para mim seria pior. Criar um menino na minha idade é muito cansativo, certamente. Mas eu também sinto que o Kalle me trouxe uma vida nova. Tomara que ainda continue assim por algum tempo.

O aniversário de dez anos

Quando Kalle completou dez anos, ele fez uma festinha com todos os amigos. Vovó foi ótima, não reclamou do barulho da criançada e participou das brincadeiras. Um dos meninos até derramou suco no tapete, mas ela não falou nada.

Foi nesse aniversário que a Vovó resolveu ter uma conversa séria com ele. Os meninos tinham acabado de ir embora, e Kalle ainda tomava fôlego. Estava de roupa nova, um lindo conjunto de moletom que a Vovó lhe deu de presente.

Vovó chamou Kalle para se sentar no sofá. Pegou na mão do neto e fez um verdadeiro discurso:

– Você está fazendo dez anos, Kalle. Acho que um menino da sua idade já consegue entender muita coisa. E você já aprendeu a enfrentar dificuldades na vida, não é? Quero que ouça bem o que vou dizer. Estou com setenta anos agora. Sei que não parece, mas pense bem: são sessenta anos a mais do que você. Sessenta anos, já imaginou?

Assustado, Kalle respondeu:
– Não.
– Era o que eu pensava – Vovó continuou. – Mas é bom começar a pensar nisso. Não vou chegar aos cem anos, e essa doença que eu tive agora me passou um susto. Se eu ainda tiver uns oito anos de vida, já será bastante. Com dezoito anos você já poderia enfrentar a vida sozinho. Mas pode ser que eu só tenha mais quatro anos, por exemplo...
– Não acredito – Kalle protestou.
– Que bom, eu também não acredito. Mas você precisa saber que isso pode acontecer. Você ainda tem uma tia, a irmã da sua mãe, lembra-se dela? Esqueci seu nome, mas sei que ela mora em Bottrop. Não fez nada por você até hoje, e talvez você pudesse ficar com ela. Ou então ir para um orfanato.
– Isso, não! – falou o menino.
– Não vai haver outra saída.
– Eu fujo – disse Kalle.
– Bobagem, Kalle – respondeu a Vovó. – Nem todo orfanato é ruim.

Então Kalle perguntou, bem baixinho:
– Você acha que vai morrer logo, Vovó?

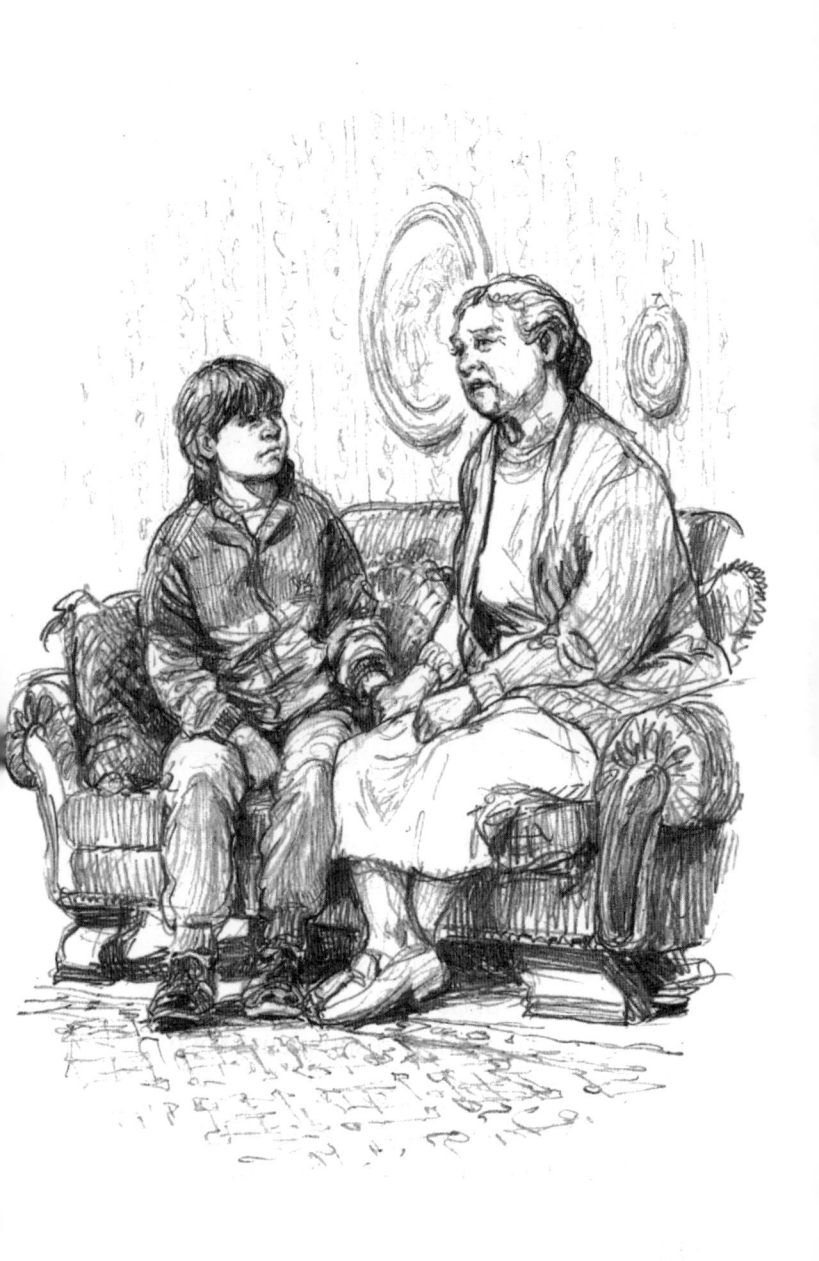

Uma Vovó especial

– Eu resolvi que quero viver o máximo possível – Vovó respondeu. – Isso ajuda, mas você sabe que não garante.

E então Vovó o abraçou, o que era raro. Kalle sentiu o cheirinho de cozinha na roupa dela e quase começou a chorar. O medo de perdê-la chegava a doer. Kalle percebeu que, apesar de não conhecer a Vovó tão bem como imaginava, gostava muito dela, muito mesmo.

– Não vai acontecer nada, não se preocupe – Vovó falou. – Mas foi bom conversar com você sobre tudo isso. Assim eu fico mais tranqüila.

IMPRESSÃO E ACABAMENTO

YANGRAF
GRÁFICA E EDITORA LTDA.
TEL/FAX.: (011) 218-1788
RUA: COM. GIL PINHEIRO 137